BROT UND SPIELE

DER KURZGESCHICHTENVERLAG

...Nam qui dabat olim imperium, fasces,
legiones, omnia, nunc se continet atque duas
tantum res anxius optat: panem et circenses.

– Juvenal, Satura X, Versus 78-81

Evelyne Severing
Mütter, Töchter, Schwestern

Evelyne Severing

Mütter, Töchter, Schwestern

Bundesministerium
Wohnen, Kunst, Kultur,
Medien und Sport

Stadt Wien | Kultur

Gedruckt mit der freundlichen Unterstützung des Bundesministeriums für Wohnen, Kunst, Kultur, Medien und Sport sowie der Kulturabteilung der Stadt Wien (MA 7), Abteilung Literatur.

Umschlaggestaltung: Max Haberich
Lektorat & Satz: Sarah Kothmayer
Druck und Bindung: Primerate, Budapest
ISBN: 978-3-903406-46-9

www.brotundspieleverlag.net

Für Waltraud und Uwe

Inhalt

Geheimnisse

Seit ihrer Abfahrt vom Flughafen hatten Luzia und Alfons kein einziges Wort miteinander gewechselt. Alfons saß am Steuer des Mietwagens. Während des langen Sonnenuntergangs fuhr er durch kleine Bergdörfer und enge Täler. Immer wieder sah er durch das Seitenfenster auf die hohen Berge. Er war glücklich. Das Gefühl von Freiheit war unerwartet und dadurch umso intensiver. Luzia schwieg. In diesem Augenblick wünschte sie sich, alleine im Auto zu sitzen. Dann würde sie am Straßenrand halten, das Radio einschalten, die Augen schließen und bei einem Lied von Van Morrison würde es sie vor Sehnsucht fast zerreißen. Wonach nur? Nach allem auf einmal. Nach der großen kosmischen Liebe, nach einem anderen Mann und einem Leben auf einer Insel im Atlantischen Ozean. Anfangs hatte sie sich geschmeichelt gefühlt und es genossen, von Alfons auf Händen getragen zu werden. Aber dann begann es ihr lästig zu fallen, dass er versuchte, ihr jeden Wunsch von den Augen abzulesen. Die Worte, die aus seinem Mund kamen, hatten ihren Reiz verloren. Luzia wusste, wie sehr er sich anstrengte, sie bei Laune zu halten und spürte den Impuls, ihn zu erniedrigen. Noch konnte sie die Gedanken unterdrücken, aber wenn sie den richtigen Zeitpunkt verpasste, um aus seinem Leben zu verschwinden, würde sich die zerstörerische Kraft Bahn brechen. Sie wollte Alfons nicht demütigen. Er war ein guter Mensch und anders als die Männer, mit denen sie bisher zusammen gewesen war. Alfons platzierte seine Hand auf Luzias Knie und betrachtete ihre ausgestreckten Beine. Sie waren makellos. Er freute sich auf die Wochen in der Schweiz. Er besaß ein Ferienhaus, das eigentlich eine Villa war. Sie lag am Ende einer kleinen Ortschaft. Eine halbe Stunde fuhr man vom Tal hinauf über enge Serpentinen. Einige Häuser des Dorfes waren mit dem Felsen verschmolzen, von Granit umgeben. Allmählich breitete sich Dunkelheit über den Bergen aus. Es war wie im Himmelreich. Auf der Rückseite des Hauses lag ein Park, schmale Wege führten an Feigenbäumen und blühendem Oleander vorbei und es gab Beete voller Salbei, Rosmarin und Thymian. Früher hatte er hier mit Renate unbeschwerte Wochen im Sommer oder Herbst verbracht. Er spürte einen Anflug von Wehmut. Das Leben verging. Denn auch wenn sich Alfons in den vergangenen Wochen so leicht und beschwingt fühlte wie schon lange nicht mehr, legte sich in manchen Nächten eine Decke aus Blei auf seinen Brustkorb, die ihn schwer atmen ließ. Wenn er an Renate dachte, deprimierte es ihn, wie wenig sie ihn kannte. Renate war immer stolz auf ihn gewesen. Und er? Er hatte sich geschämt, wenn sie vor anderen über ihn sprach. Dann leuchteten ihre Augen auf, sie erzählte von seinen Erfolgen in der Politik, seinem Engagement für die Umwelt. Alfons erinnerte sich an eine Abendveranstaltung nach einem Wahlsieg und hörte Renates Stimme. „Mein Mann findet ... mein Mann denkt ... mein Mann sagt ...“ Am liebsten wäre er im Erdboden versunken. Er mochte diesen Mann nicht, von dem sie sprach und manchmal fragte er sich, weshalb sie in der Öffentlichkeit seine Nähe suchte, während sie ihn zu Hause immer auf Distanz hielt. Warum war es so schwer, nach all den Ehejahren miteinander über sich zu sprechen? Wann hatte sie begonnen, sich von ihm zurückzuziehen? Hätte Alfons bereits damals eine Frau wie Luzia gekannt, wäre es ihm aufgefallen. Luzia war ein Türöffner zu einer anderen Welt. Verrückt, dass ihn ausgerechnet diese junge Frau über weibliches Denken und Fühlen aufklärte. Ohne große Hemmungen sprach sie über sich und ihre Erfahrungen mit Männern. Bei Renate war er sich nicht einmal sicher, ob sie den Sex zu Beginn ihrer Beziehung gemocht hatte.

Der erste Schritt war immer von ihm ausgegangen. Mit einem Mal überkam ihn eine heftige Wehmut. Sein früheres Leben, die letzten fünfundzwanzig Jahre, streifte man nicht einfach ab. Mit aller Kraft kämpfte er gegen den Drang zu weinen an. Er sah Renate vor sich, kurz nach der Geburt ihres Kindes. Sie war ein stilles Wrack, ihre Tochter war tot zur Welt gekommen. Ein paar Jahre später hatten sie Nina adoptiert. Luzia war jung, klug und schön. Warum sie ihre Zeit mit ihm verschwendete? Nina hätte er versucht zur Vernunft zu bringen und sie gewarnt. „Wach endlich auf", hätte er zu ihr gesagt. „Weder das Alter noch eine schwere Krankheit verpflichten dich dazu, dein Leben zu vergeuden, an diesen alten Mann, der an dir haftet. Er saugt dich aus und wirft dich weg, wenn er dich nicht mehr braucht. Alles, was du hast, hat er bereits verloren."

Von außen wirkte die Villa von luzider Schönheit, wie in die Landschaft gegossen. Im Inneren leuchtete es golden, an den Wänden hingen Spiegel und auf antiken Möbeln und Tischen standen riesige Porzellanvasen. Alfons war ein Sammler und liebte das Steigern auf Auktionen und das Feilschen mit Antiquitätenhändlern. Wenn er nach längerer Abwesenheit wieder das

Haus betrat, dachte er jedes Mal an Goethes Worte. „Es glänzt der Saal, es schimmert das Gemach. Und Marmorbilder stehen und sehen mich an: Dahin! Dahin möchte ich mit dir, o mein Beschützer, ziehen."

Als Luzia im Schlafzimmer stand, öffnete sie die Fenster, vor denen sich die Berge wie ein gezacktes Band ausbreiteten. Die Fenster zeigten auf eine Terrasse hinaus. An einem Holzgerüst wuchs Wein empor und an den Zweigen eines Zitronenbaumes hingen reife Früchte. Als sie ein paar Stunden später auf der Terrasse saßen, sah Luzia in den Nachthimmel. Hell leuchtend standen die Sterne und der Mond über ihr. Sie dachte an die Ferien ihrer Kindheit und die Tage mit Anna, ihrer Zwillingsschwester, in den Südtiroler Bergen. Sie schüttelte sich, um die Gedanken loszuwerden, nahm einige große Schlucke Wein und sehnte sich nach dem Vergessen. Sie schlief schlecht in dieser Nacht und wachte in den frühen Morgenstunden auf. Die Grillen zirpten, sie stand auf, betrat die Küche. Der Mond warf helles Licht in den Raum. Luzia blickte über die Borde mit Geschirr und Gläsern, Pappschachteln mit italienischen Nudeln, eine Tüte mit Kaffeebohnen. Früher hatten Männer wie Alfons sie eingeschüchtert und das

Zusammensein war von Anspannung und Konzentration geprägt gewesen. Meist hatte sie geschwiegen und gelächelt. Niemand durfte wissen, wer sie wirklich war und wie unsicher sie sich in der Gegenwart dieser Männer fühlte. Luzia wanderte zurück in den Flur und schaltete die Lampe ein. Ein getrockneter Lavendelbund lag neben gläsernen Briefbeschwerern auf einem Marmortischchen. Sie hob den Kopf und sah ihr Gesicht in einem Spiegel. Einen Augenblick verharrte sie regungslos. Sie sah ihre Augen glänzen. Dass sie ein geheimnisvolles Lächeln und schöne Augen habe, hatten ihr schon viele gesagt. Männer mochten Frauen mit Geheimnissen. Einer hatte sie mit einer Madonna verglichen. Auf dem Glas des Spiegels befand sich Fliegendreck. Ein schwarzer Punkt auf ihrer Stirn. Was gäbe sie dafür, sich selbst reinzuwaschen. Mit Verachtung schaute sie auf ihr Spiegelbild herab, während ihr Blick auf die vergoldete Halskette mit dem Anhänger fiel. *Alles an mir ist Lüge*, dachte sie.

Erst vor ein paar Wochen hatte ihre Zwillingsschwester bei ihr angerufen. Unter heftigem Schluchzen stammelte Anna, wie schwer sich ihr Verstand tat, zu begreifen, dass der Anhänger verschwunden war. „Luzia, ich kann es nicht fassen. Seit Jahr und Tag verwahre ich ihn an demselben Ort. Ich könnte schwören, dass er gestern noch in der Schatulle lag. Jetzt ist er weg!" Luzia hatte sie zu beruhigen versucht und dann versprochen: „Ich komme gleich bei dir vorbei. Er taucht bestimmt wieder auf." Als Anna die Haustüre öffnete, schwammen ihre Augen in Tränen. Sie umarmte Luzia und schluchzte. „Ich ertrage es nicht. Es ist nicht irgendein Schmuckstück. Es ist die einzige Erinnerung an unsere Mutter." Luzia strich ihr mit einer Hand über den Rücken und sagte: „Ich helfe dir." Bis in den späten Abend suchten sie die ganze Wohnung ab. Sie leerten sogar den Staubsaugerbeutel und Mülleimer. Ohne Erfolg.

Luzia hatte schon immer geklaut, systematisch und erfolgreich. Schon als Kind nahm sie sich bei ihren Freundinnen und deren Familien das, was ihr gefiel. Sie stibitze Spielzeug, Schmuck und Kleidungsstücke. Nie wurde sie auch nur verdächtigt, denn die meisten Menschen, denen Luzia begegnete, waren naiv. Sie wollten die Geschichten glauben, die sie ihnen aufband. Es gehörte zu ihr, sich Geschichten auszudenken. Sie sprudelten einfach so aus ihr heraus wie Wasser. Ohne Anstrengung und ohne nachzudenken. Die kurzen Geschichten brannten sich am besten ein und blieben im Gedächtnis haften. Die Lehrer in der Schule waren nachsichtig gewesen. Das schreckliche Unglück hatte sich in dem Ort, in dem sie damals wohnten, schnell herumgesprochen. Alle hatten Mitleid gehabt. Nach dem Unfall war sie ein ganzes Jahr von einer Kindertherapeutin begleitet worden. Eines Tages war Luzia knapp davor gewesen, die Wahrheit zu erzählen. Dann aber war sie ins Stocken geraten und hatte geschwiegen. Nach der Therapie plagten Luzia keine Schuldgefühle mehr. Wie konnte man nur ein achtjähriges Kind unbeaufsichtigt im Auto sitzen und den Zündschlüssel stecken lassen? Das Auto war lautlos auf die Mutter zugerollt, die – ganz in ihre Tätigkeit versunken – am Boden kauerte und das Unkraut, das zwischen den Steinen wucherte, herauszupfte.

Der nächste Tag war prachtvoll. Die Sonne schien vom Himmel, der von einem so klaren, tiefen Blau war, als handle es sich um ein Meer und in den Kronen der Laubbäume strahlte das leuchtende Gelb und Rot, als würde alles in Flammen stehen. Ein so makellos schöner Tag kann etwas Beängstigendes haben. Alfons jedoch war von einem anderen, ganz besonderen Gefühl ergriffen. Er sah hinauf in die Nadelbäume, er liebte dieses Licht, das durch die Zweige der Tanne schien. Er wanderte mit Luzia entlang des Waldes. Er liebte die Gräser, die sich im Wind neigten und spürte tief und unumstößlich. Er war so glücklich wie nie zuvor in seinem Leben. Als sie im Ortskern an der Kirche vorbeikamen, näherte sich ihnen lächelnd ein junger Mann, der vor dem Eingang der Kirche gesessen hatte. Ein unangenehmer Geruch ging von ihm aus, sein Gesicht war schmutzig und in seinen Mundwinkeln waren weißliche Krusten zu sehen. Alfons suchte nach Geld in seinen Taschen und steckte ihm eine Münze in die Hand. Der Mann sagte: „Danke", kam nach einer Weile hinter ihnen hergelaufen und fiel in Gleichschritt mit ihnen. Sie gingen schneller und der Mann, er war jung, Anfang zwanzig, hielt Schritt. Alfons blieb stehen und Luzia konnte seinen hastigen, faulen Atem und seinen ungewaschenen Körper riechen. Er war kleiner als sie und hager. Er hielt eine fleckige Mütze in seinen Händen, die er gegen seine Brust presste. Seine dunklen Augen waren weit aufgerissen. Luzia erschrak, als der Mann Alfons am Arm packte. Alfons versuchte sich loszumachen und der Mann drückte fester zu. „Die hier", sagte er zu Alfons und seine Stimme klang flehentlich. „Pass auf", er machte eine Kopfbewegung Richtung Luzia. „Die steht mit dem Teufel im Bunde."

Es regnete eine ganze Woche lang. Der unwirtliche Dauerregen trommelte auf Dächer und Straßen und wollte nicht enden. In den Wiesen bildeten sich tiefe Pfützen, deren Wasseroberflächen sich nicht glätten wollten, sondern ständig in Unordnung gerieten von dem Wasser, das vom Himmel prasselte. Und allmählich schienen sich die Pfützen in Tümpel voller Fische in zitternder Aufregung zu verwandeln. Das Wasser bahnte sich direkt vom Eingang der Villa, wo eine Regenrinne gebrochen war, seinen eigenen Weg und dort, wo es einmal grün gewesen war, sah man nur noch Schlamm. Alfons bekam davon nichts mit. Luzia war weg. Nachdem sie eines frühen Morgens das Haus für immer verlassen hatte, geschah etwas mit ihm, was er auch später nicht richtig einzuordnen vermochte. Er verbrachte die meiste Zeit im Bett und schlief. Die Erschöpfung war ein Überfall und hatte mit dem Kraftaufwand des Trauerns zu tun. Kaum wachte er morgens auf, fühlte er schon die nächste Müdigkeitswelle über sich hereinbrechen. Er fühlte sich so schwach, so schwer, dass er glaubte, sein Körper würde samt Matratze zu Boden sacken. Angesichts seines

Zustandes war Alfons beschämt, verwirrt und fassungslos, aber er kroch doch wieder in sein Bett. Wenn er wach wurde, blieb er reglos liegen und starrte an die Decke. Er hatte keinen Appetit und aß nicht viel. Manchmal machte er einen Spaziergang. An einem Nachmittag besuchte er die Kirche. Als er den Kirchenraum betrat, ergriff ihn eine Welle der Ehrfurcht. Die Sonne schien durch die Buntglasfenster. Er setzte sich auf eine Kirchenbank, die Kühle und Schlichtheit der weiß gekalkten Säulen wirkten wohltuend. Er dachte an Renate. Er nahm an, dass auch sie schon lange nicht mehr mit ihm glücklich gewesen war. Er hatte es aufgegeben, ihr Liebe zu schenken. Aber war Renate überhaupt in der Lage, Liebe zu empfangen? Früher hatte sie ihn mit einer hingebungsvollen, kindlichen Liebe geliebt. Dass auch er nicht besser gewesen war, kapierte er erst jetzt. Nicht einmal auf der Schwelle zum Erwachsenensein hatte er gestanden. Alfons hatte viele Gedanken, die er weder formulieren noch irgendwie ordnen konnte. Er begriff erst jetzt, dass es nichts mit sexuellen Hemmungen zu tun hatte, dass Renate sich ihm über Jahre nicht mehr unbefangen nackt gezeigt hatte. Es war die Scham, die sich zwischen ihnen angesammelt hatte. Auch er hatte Scheu empfunden. Das Stillschweigen über seine heimlichen Verletzungen und die Verbitterung, die dadurch zwischen ihnen wuchs, führten schließlich zu der Wand aus Unaufrichtigkeit und Lüge. Vielleicht lag ein großer Teil der Schuld bei ihm? Diese plötzliche Erkenntnis quälte ihn. Am frühen Abend saß er im Wohnzimmer und starrte durch das Fenster auf die Berge. Er dachte an seine Tochter. Renates Hirnblutung hatte Nina aufgerüttelt. Nun war sie dankbar, dass sie eine Mutter hatte, die noch lebte. Alfons schämte sich seiner Gedanken, die er während des stundenlangen Wartens im Krankenhaus gehabt hatte. Er stützte das Kinn auf seine Faust, als müsse er über etwas nachdenken, was viel Zeit forderte. Er schloss die Augen und sah Luzia in ihrer Wohnung auf dem Sofa liegen, die nachmittägliche Ruhe hing über den Möbeln. Er seufzte schwer und wunderte sich, wie sehr er sich in etwas hineindenken konnte, das nicht geschah. Oh, wie sehnte er sich danach, ihre Hand zu nehmen und sie an seine Wange zu drücken. Er vermisste Luzia und wollte an ein Paradies glauben, in dem sie sich wiedersehen würden. Dann packte ihn die Wut. Wie hatte er nur jemals ernsthaft über eine gemeinsame Zukunft nachdenken können. Luzia war wie ein Schmetterling, der von Blüte zu Blüte flog. „Ich muss auf die Toilette“, sagte er zu sich selbst, ging ins Badezimmer und schloss die Tür. Er drehte den Wasserhahn auf, das Wasser kam kalt heraus. Er setzte sich auf das Klo und weinte.

Luzia empfand Reue, als sie Alfons verließ. Das erste Mal in ihrem Leben hatte sie genug von sich. Nie zuvor hatte sie das Bedürfnis gehabt, Sühne zu leisten, jetzt aber spürte sie einen unvermeidlichen Drang, sich endlich rein zu waschen. Am liebsten wäre sie aus sich herausgeschlüpft, wie eine Schlange, die sich häutet. Als Luzias neues Ich beschloss, ihre Selbstzentrierung mit einem Zustand vollkommener Selbstlosigkeit zu vertauschen, stand sie sich ratlos gegenüber. Denn wie sollte sie ihrer Vision, stets zuerst an andere zu denken und bewusst danach zu streben, um den von ihr angerichteten Schaden wiedergutzumachen, näherkommen?

Begegnungen

Max blätterte die Seiten um, bis er fand, was er suchte. Ein Foto von sich, aufgenommen an einem guten Tag. Das dazu gehörende ausführliche Interview über das komplexe Seelenleben von Menschen, die in ihren Beziehungen vergeblich nach Glück suchten, erstreckte sich auf insgesamt vier Seiten des Dossiers in der von ihm geschätzten Wochenzeitung. Offensichtlich hatte er den Nerv der Zeit getroffen. Sein letztes Buch war ein Erfolg geworden. Als Experte für das Glück in Partnerschaften wurde er seither immer öfter interviewt und auch in Talkshows eingeladen. Er hörte ein Auto auf der Straße, legte die Zeitung zur Seite und spähte durchs Küchenfenster. Er wollte nicht gesehen werden, wie er lauerte. Der Himmel war wolkenverhangen und grau. Greta müsste schon längst hier sein. Aber da war niemand. Nur ein Eichhörnchen, das über den Gehsteig trippelte. Ein Erinnerungsfetzen tauchte auf. Das Bild eines Jungen, der am Fenster steht und auf seine Mutter wartet. Die Empfindung, die damit einherging, war ihm vertraut, das Gefühl, ein Stück über seinem Körper zu schweben. Als es dunkel wurde, schaltete er das Licht im Wohnzimmer ein. Sein Kopf schmerzte, er ging ins Bad, nahm ein Aspirin und dachte, *wenn ich wieder zurückkomme, dann ist sie da.* Sein Blick verengte sich, als er durch den Flur zurück ins Wohnzimmer wanderte, so, als ginge er durch einen Tunnel. Im Haus und draußen war es totenstill. Er ließ sich aufs Sofa fallen, verharrte regungslos und starrte in den Raum, der ihn umgab. Schließlich richtete er seinen Blick nach oben und ihm war, als beäugte ihn die stuckverzierte Decke. Wie jemand, der im Kino sitzt und gespannt den Film erwartet. Er spürte den Blick der Möbelstücke auf sich und bemerkte einen Anflug von Übelkeit, ausgelöst durch eine düstere Vorahnung. Geräuschvoll atmete er ein, gab sich einen Ruck und griff nach dem Handy, das vor ihm auf dem Tisch lag.

Gretas Telefon klingelte mehrmals, bis sie abhob, was ihn unendlich erleichterte. Gott sei Dank, es war ihr nichts passiert.

„Hallo, ich bin‘s, ist alles in Ordnung bei dir?“

„Ja, alles ist gut, warum?“ Im Hintergrund konnte er Stimmen hören. Max sah sich im Wohnzimmer um, musterte die gelben Tulpen, Gretas Lieblingsblumen, die in der Vase auf dem

Flügel standen. Er stemmte sich vom Sofa hoch, ging ein paar Schritte Richtung Flur, blickte in den Spiegel und betrachtete sich darin.

„Max? Bist du noch dran?“, hörte er Greta sagen, dann schwieg sie.

„Du wolltest doch vorbei kommen.“

„Oh Gott, ich habe es vergessen, das tut mir leid. Ich habe heute selbst Besuch bekommen. Wir sehen uns ein anderes Mal, ja?“

„Kein Problem“, sagte er und versuchte dabei möglichst entspannt zu klingen. Dann legte er auf. Ein stechender Schmerz breitete sich in seinem Magen aus. Der Hass, den er für sie empfand, war heftig. Das war Freddis Stimme gewesen, die er im Hintergrund gehört hatte. *Ausgerechnet Freddi.* Und er hatte sich in schlaflosen Nächten bereits in allen Einzelheiten ihre gemeinsame Zukunft ausgemalt. Auf dem Tisch vor ihm lag das schwarze Etui mit dem Ring, den er Greta hatte geben wollen. Er öffnete die Schatulle. Der Smaragd glotzte ihm ins Gesicht. Er drehte das Geschmeide zwischen seinen Fingern und hielt ihn ins dämmrige Licht. *Wie schnell sich alles wieder ändert*, dachte er. Er ging in die Küche und warf den Ring in den Mülleimer. Von den Tulpen, diesem fröhlich gelben Farbklecks, der ihm ins Gesicht lachte, fühlte er sich regelrecht verspottet und als er mit dem rechten Arm ausholte, um die Vase zu Boden zu schleudern, fiel sein Blick auf die silbern glänzende Schere. Sie lag schon lange im Regal und ein Bild tauchte auf, ein Überbleibsel aus der Kindheit. Er erinnerte sich an den hölzernen Nähkasten seiner Mutter, in dem die Schere neben Garn und bunten Knöpfen ihr Dasein fristete. Am liebsten würde er damit die Polsterbezüge aufschlitzen. Mehrfach schüttelte er sich, als könnte er dadurch alles von sich abwerfen.

Eine knappe halbe Stunde später betrat er das neu eröffnete chromblitzende Lokal. Max beobachtete die junge Frau, die gerade aus der Damentoilette trat. Ihr Anblick schmerzte ihn fürchterlich, aber warum? Weil sie so niedergeschlagen und bedauerlich aussah. Als gebe es für sie keine Zukunft mehr, setzte sie langsam und schleppend einen Fuß vor den anderen. Im Laufe dieses Abends würde er mehr von ihr erfahren. Sie hieß Anna und war Anfang dreißig. Sie hatte dickes, langes, schwarzes Haar, das Blicke von Männern und Frauen gleichermaßen auf sich zog. Ihre großen Augen zeigten oft einen Ausdruck zögernden Erstaunens, wobei es sich dabei eher um einen erschrockenen Blick handelte. Welchen Eindruck sie auf andere machte, war ihr nicht klar. Sie wusste nichts von ihrer Schönheit. Viel zu lange hatte Anna an diesem Abend ausgeharrt, alleine an dem Tisch im Restaurant. Sie tat, als fühlte sie sich sicher. Sie wollte eine selbstbewusste Frau sein. Den neugierigen Blicken der Kellner, die sie auf sich zu spüren glaubte, standzuhalten, hatte sie angestrengt und Kraft gekostet. Schließlich rief sie nach einer knappen halben Stunde ihren Freund an, und als er abhob, wirkte er ganz überrascht. Es täte ihm sehr leid, er habe so viel um die Ohren und das Treffen ganz vergessen. Anna wollte ihm gerne glauben, war sich aber nicht so sicher, denn es waren merkwürdige, gedämpfte Geräusche im Hintergrund zu hören. *Ich muss hier weg so schnell es geht, von diesem Ort der Niederlage,* dachte sie und wurde im selben Augenblick von einem heftig wilden Rumoren in ihren Eingeweiden überfallen. Zumindest körperlich fühlte sie sich leichter, als sie aus der Damentoilette trat. Sie sehnte sich danach, im Auto hemmungslos zu weinen. Aber es kam anders. War es Schicksal oder Zufall, dass sie ausgerechnet diesem Mann begegnete? Im Nachgang eines Unfalls stellt man sich ja meist auch sinnlose Gedanken. Was wäre gewesen, wenn ich etwas später von zu Hause losgefahren wäre?

Aber man setzt sich ins Auto, fährt los und dann geschieht es. Ein Bus fährt im selben Moment über die Kreuzung und das Leben wird nie mehr wie vorher sein.

Anna hob den Kopf und blickte ihm direkt in seine Augen. Max spürte eine Welle der Zuneigung und Mitleid mit der jungen Frau. Sie senkte ihren Kopf, der schrecklich rot wurde. Dann aber lächelte sie ihn an. Und Max? Blitzartig kam der Zorn. Er spürte Hitze, vulgäre Wortgedanken schossen ihm durchs Hirn. Auf einmal kam ihm diese Frau verwandelt vor. Er wünschte, Greta wäre tot. Er hasste sie dafür, dass sie den gesamten Raum in seinem Leben eingenommen hatte. Er ließ die weißen Zähne blitzen wie ein Wolf.

Anna fühlte ein Brennen von aufrichtigem Entzücken. Als sie im Auto nebeneinandersaßen, wirkten seine Augen feucht. Sein ebenmäßiges Gesicht schien im Halbdunklen zu leuchten. Als sie das Wohnzimmer betrat und die hohen Fenster mit den luftigen Vorhängen, die antiken Schränke und den Flügel sah, fühlte sie sich eingeschüchtert. Max nahm ihr den Mantel ab und fragte: „Möchtest du noch etwas trinken?“ Ein leises Unbehagen rührte sie an. Sie trat zum Fenster. Sie schob den Vorhang zur Seite, um in den Garten zu schauen. Dort saß eine schlecht genährte Katze, die sich putzte. Max stellte die Espressotassen auf den Tisch. „Ich möchte gehen", sagte sie.

Der darauffolgende Tag strahlte in seiner vollen Pracht. Die Sonne schien, und ein paar Wolken waren zu sehen, die Anna an violette Tintenschlieren erinnerten. Solche liefen auch über das Papier, die Seiten ihres Tagebuches, sie musste sich das alles von der Seele schreiben. Tränen rollten ihr über ihre Backen und zerflossen auf dem Papier zu bläulichen Tropfen. Noch nie in ihrem Leben hatte sie sich so gedemütigt gefühlt. Sie war so dumm, wie konnte sie nur mit ihm gehen? Sie hatte ihm vertraut. Plötzlich sieht sie wieder sein Gesicht von gestern vor sich, blass und weiß vor Zorn. Er ist ein anderer Mensch, als wäre er verrückt geworden. Als sie aufsteht, um zu gehen, packt er sie grob am Arm und hält sie fest. *Er will mich umbringen*, schießt ihr durch den Kopf, als er in ihre Haare greift, ihr Kopf wird heftig hin und her gerissen. Ein Grauen setzt sich in ihr herab und bringt wild wirbelnden Aufruhr mit sich. Sie spürt schneidenden Schmerz, als würde ihr die Kopfhaut abgezogen und hört ihre eigenen Schreie. „Nein, bitte nicht!" Das Geräusch der schneidenden Schere wird sie noch jahrelang im Traum erleben, ihr Kopf fühlt sich mit einem Mal viel leichter an. „Bitte, bitte lieber Gott“, flüstert sie. Er lässt sie los und sie stolpert keuchend zur Tür hinaus.

An einem heißen Tag im August betrat Anna die psychotherapeutische Praxis. Die Haare waren inzwischen nachgewachsen und in Form geschnitten, ihr Gesicht war blass. Sie schlug ihre Augen nicht nieder, als die Therapeutin sie ansah. Stumm überreichte Anna ihr einen Brief. Die Psychotherapeutin wies auf den Sessel, der ihrem gegenüberstand. „Bitte setzen Sie sich doch.“ Anna nahm Platz. Frau Renate Miller begann zu lesen und nach den ersten paar Sätzen äugte sie zu ihrer neuen Patientin hinüber. Das Gesicht wirkte arglos und die glänzenden glatten Haare reichten ihr bis zum Kinn. Sie war eine ausgesprochen aparte junge Frau, nur ihre Fingernägel waren bis aufs Fleisch abgekaut. Frau Dr. Miller las den Text – er war drei Seiten lang – bis zum Ende durch und als sie ihn auf den Schoß sinken ließ, spürte sie einen Schweißfilm auf ihrem Gesicht. Ihr erster Impuls war – ja, sie spürte den Drang – dieser Frau etwas Verletzendes zu sagen. Diese Anschuldigungen waren eine Ungeheuerlichkeit. Sie kannte Max seit über zwanzig Jahren und das, was sie soeben gelesen hatte, konnte nicht stimmen. Die Patientin litt offensichtlich unter einer schweren Störung.

Nina

Über dem Parkplatz flimmerte die Luft vor Hitze. Nach dem langen Nachmittag im Freibad hatte es Nina gerade noch rechtzeitig vor Ladenschluss geschafft, im Getränkemarkt eine Flasche Wasser zu kaufen. Sie war wütend. Mindestens zehn Mal hatte sie Ben angerufen. Offensichtlich wollte er nicht mit ihr sprechen, denn er hatte das Gespräch einfach weggedrückt. Als Nina an der Kasse stand, vibrierte es in ihrer Tasche. Sie holte ihr Handy heraus, das Display war voller Kratzer, die Hülle an manchen Stellen ausgefranst. Sie hob ab, es war Ben. Nina unterbrach ihn nicht in seinem Redefluss, nach einigen Minuten brach die Verbindung ab. Sie nahm das Handy vom Ohr und schaute es an, als könnte sie Ben daraus hervorzaubern. „Es tut mir leid“, war sein letzter Satz gewesen. Als sie aus dem Laden trat, waren ihre Knie weich, sie zitterte. Trotz Hitze bildete sich auf den Armen Gänsehaut und ihr Mund war trocken. Sie setzte sich in den Schatten am Rand des Parkplatzes auf den Boden. Ihre Hände hinterließen feuchte Abdrücke auf ihrer Hose. Es herrschte reges Treiben, ständig fuhren neue Autos über den Parkplatz, in denen überwiegend Frauen saßen. Um sie herum luden Mütter vollbepackte Einkaufstüten und ihre Kinder ein, bevor sie ihre Autos starteten. Nina fühlte sich mutterseelenallein. Als sei sie eine Waise. Am liebsten hätte sie jemanden angesprochen und gefragt, ob sie nicht mit nach Hause fahren dürfte. Eine Frau hielt an einer Hand ein Kleinkind fest, ein etwa drei Jahre altes Mädchen, das sich aus dem Griff der Mutter herauszuwinden versuchte. Mit der anderen Hand schob die Frau den schwer beladenen Einkaufswagen zurück zu ihrem Auto, hob das Kind in den Sitz und gurtete es an. Als sie die Autotür zuwarf, sah sie zu Nina herüber. Sie betrachtete die bittende Miene des Mädchens. Unter welcher Art von Kummer sie wohl litt? Die Frau stieg in ihr Auto und fuhr davon. Wenn Nina sich später an diesen Nachmittag erinnerte, wunderte sie sich, weshalb plötzlich das Bild eines Fotos ihrer Eltern vor ihren Augen aufgeblitzt war. Es hing eingerahmt an der Wand im Wohnzimmer über dem Esstisch. Darauf war ein glücklich in die Kamera lächelndes Ehepaar zu sehen. Nina vergrub den Kopf in ihren Händen, sie war den Tränen nah. Ihr kam es so vor, als schwebte sie ohne Halt und Bindung sinnlos über der Erde. Ihr Handy klingelte. Sie schreckte hoch und drückte auf die grüne Taste. „Ben?“ Nein, sie hörte die Stimme ihres Vaters. Ihre Mutter sei beim Wandern unglücklich gestürzt. Eine Hirnblutung, sie liege auf der Intensivstation, mehr wisse er noch nicht. Ein leichter Wind blies eine leere Bäckertüte über den Parkplatz. Jetzt schob sich Angst vor die Traurigkeit und ihr Puls beschleunigte sich. Sie würde zum Bahnhof laufen, dort gab es einen Taxistand. Sie musste sich beeilen, um schnellstmöglich ins Krankenhaus, das am Rande der Stadt lag, zu kommen. Angst saß in Ninas Hals und klopfte unermüdlich, ihr ganzer Körper musste diesem hastigen Takt folgen. Sie rannte, so schnell sie konnte; es stach in ihren Seiten. Sie hustete trocken und merkte, wie durstig sie war. Sie musste ihre Kräfte einteilen. Sinnlose Gedanken zogen sich durch ihr Gehirn. *Wenn ich jetzt nichts trinke, dann wird alles gut.* Leute versperrten in der Fußgängerzone mit ihren Einkaufstüten auf einmal den Weg und keiner ging zur Seite. Sie schlug Haken wie ein Hase. Auf einmal der Geruch von heißem Fett, sie kannte den Imbiss. Sie rannte weiter, dort drüben war der Bahnhof. Normalerweise warteten dort mehrere Taxis. Bestimmt würde gleich eines kommen. Als sie die Straße überquerte, konnte sie im letzten Moment dem Hindernis ausweichen. Die flaumige Brust des toten Vogels war verwundet, einige Darmschlingen quollen heraus, sie sah das geronnene Blut. Der zarte Kopf der Meise war unversehrt und ein Auge blickte Nina entgegen. Ihr wurde schwindelig, sie musste stehen bleiben. Die Luft stank nach verbranntem Gummi und Benzin. „Gehst du mit ihr ins Bett?“, hatte sie vorhin am Telefon geflüstert und Ben hatte gemurmelt: „Es ist Schluss mit uns, kapier das doch.“ Als Nina endlich im Taxi sitzt, spürt sie Scham. Sie bereut es, wie schlecht sie mit der Mutter in der letzten Zeit umgegangen ist. Hoffentlich ist es für einen Neuanfang noch nicht zu spät. Ninas Augen werden feucht, sie schluckt und Tränen rollen heraus. Sie würde ihrer Mutter gerne sagen, wie leid es ihr tut, als Tochter versagt zu haben. Was soll sie ohne Mutter nur anfangen? Ihre Eltern sind ein zufriedenes Paar. Sie gehören zusammen. Selten gibt es zwischen ihnen Streit und die beiden wirken so viel glücklicher als die Eltern ihrer Freundinnen. Auch wenn ihre Mutter humorlos ist und Nina die Art, wie ihre Mutter Feststellungen trifft, hasst. Vor allem ihre selbstgefälligen, besserwisserischen Bemerkungen. In diesem Augenblick spürt Nina eine Sehnsucht nach ihrer Mutter, die fast weh tut. Ihre Mutter duldet keine Widerrede und Nina fühlt sich meistens unterlegen. Manchmal kommt es ihr so vor, als würde ihre Mutter sie nicht ernst nehmen. Auf bestimmte Fragen reagiert sie unwirsch, fast allergisch. Wenn Nina fragt, warum sie denn die einzige in der Verwandtschaft mit roten Haaren sei, stellt sich ihre Mutter taub. Wenn man Ninas Gesichtszüge betrachtet, kann man keinerlei Ähnlichkeit mit ihren Eltern feststellen. Ihre Backenknochen sind hoch und ihre Haare sind lockig und schwer zu bändigen. Wenn Nina sie lose zurücksteckt, fallen sie immer wieder ins Gesicht. Sie beneidet ihre Mutter um deren glatte Haare. Schon lange treibt ein Zweifel, der sich immer mehr verstärkt, in ihr sein Unwesen. Nina hat es jedoch aufgegeben, Erklärungen zu fordern und sich weit in sich zurückgezogen. Ihre Mutter weiß so gut wie nichts von ihr. Nicht, dass sie eine Abtreibung hinter sich hat. Dass sie Gras raucht und keine Ahnung hat, was sie mit ihrem Leben anfangen soll. Ihre Mutter hat immer alles unter Kontrolle. Sogar ihre Gefühle kann sie nach Belieben an- und abschalten. Deshalb kann sie auch nicht begreifen, dass Nina von ihren Gefühlen überschwemmt wird wie von einem Tsunami. Vor einem Jahr im Sommerurlaub war alles noch so schön. Ein paar Bilder tauchen auf. Ihr Vater nimmt die Mutter in den Arm. Er fasst sie an der Taille und drückt sie an sich. Ihr Vater ist vier Jahre älter als die Mutter, sieht aber zehn Jahre jünger aus als sie. Das Aussehen ist ihrer Mutter nicht so wichtig. Ein anderes Bild drängt sich dazwischen. Ihr Vater, der eine Frau am Nebentisch im Restaurant betrachtet. In seinem Blick liegt ein so inständiges Betteln, dass Nina ganz heiß wird. Sie hört das Blut in ihren Ohren rauschen. Wie ein Tropfen Tinte in einem Glas Wasser breitet sich in ihr Enttäuschung aus und färbt alles, was sie denkt, ein mit der Empfindung von Verlassenheit. Wenn Nina als Kind nicht schlafen konnte, sah sie ihren Eltern vom Treppenabsatz zu, wie sie auf dem Sofa saßen und lasen. Keiner sprach. Sie blätterten Seite um Seite um, als befänden sie sich in einem Zugabteil und wären Fremde. Sobald Nina rief: „Ich kann nicht schlafen“, verwandelten sich die beiden Menschen wie durch einen Zaubertrick in ihre Eltern. Sie wurde in den Arm genommen und ihre Mutter brachte sie zurück ins Bett.

Ein paar Tage später machte Nina einen Abstecher durch den Park und sah auf einer Parkbank ein Bündel liegen. Aus der Ferne wirkte es, als läge dort eine zusammengeknüllte Wolldecke. Nina ging ein paar Schritte näher heran und sah einen Säugling trotz der Hitze in Decken gehüllt. Eine Fliege kroch über seine Stirn. Aus dem Mülleimer neben der Bank stank es nach verfaulten

Bananen. Kein Mensch weit und breit. Nina sah der Fliege zu, wie sie über die zarte Haut kletterte. Ein Neugeborenes. Sie hob die Hand und verscheuchte die Fliege. Das Kind hatte die Augen geschlossen. Nina richtete sich auf. Hoffentlich würde irgendjemand anderer vorbei kommen und sich des Kindes annehmen. Sie entfernte sich ein paar Schritte und begann zu laufen, als würde sie verfolgt. Als sie in dieser Nacht im Bett liegt, träumt sie, dass ein Journalist ihr Fragen stellt, auf die sie keine Antwort weiß. „Warum haben Sie das Kind hilflos im Park zurückgelassen? Warum haben Sie es nicht ins Krankenhaus gebracht? Warum wissen Sie nicht, wie Ihr Leben aussehen soll?“ Gleich nachdem Nina aufwacht, es ist noch dunkel, macht sie sich mit dem Fahrrad auf den Weg, um nach dem Kind zu sehen. Sie fährt an Häusern, Rasenflächen vorbei, die sie nur vage wahrnimmt durch den diesigen Schein der Straßenlaternen. Sie kommt zu spät. Das Kind ist weg. Nina setzt sich auf die Bank. Hoffentlich hilft das Gebet, das sie dem Säugling mit dem rötlichen Haarschopf noch zugeflüstert hat, bevor sie abgehauen ist. Ihr ist kalt. Sie zündet sich eine Zigarette an und durch ihr verstörtes Hirn klingt immer der gleiche Satz. „Ich weiß nicht mehr weiter.“ Nina vergisst ihr Fahrrad, das sie in die taunasse Wiese gelegt hat. Die Vögel beginnen zu zwitschern, allmählich wird es hell. Sie denkt an ihre Mutter und weiß nicht, wie sie es schaffen soll, ihr Leben zu meistern.

Ehepaare

Allmählich füllte sich der Konzertsaal. Hannah freute sich auf den Abend. Bevor sie ihren Platz eingenommen hatte, stand sie noch eine Zeit lang im Foyer und beobachtete die Leute, die hereinströmten. Hannah war sich nicht sicher, ob es tatsächlich die Bruggers, ihre früheren Nachbarn waren, die sie in der Menschenmenge gesehen hatte. Das Haus, in dem sie damals gewohnt hatten, mussten sie nach der Scheidung schnell verkaufen. In diesem Haus hatte sie sich geborgen gefühlt. Sie erinnerte sich an die sanfte Leichtigkeit der Sommernächte, als die Kinder noch in den Zimmern schliefen, an diese Sicherheit. Hannah dachte an ihr Schlafzimmer, dessen Flügeltüren auf einen Balkon mit Blick über den Garten führten. Mit den Pflanzen, die sie hegte und pflegte, wässerte und düngte, hatte sie immer eine glückliche Hand gehabt. Steppen-Salbei, Katzenminze und Storchschnabel gaben ab Mitte Mai den Ton an, ein paar Wochen später die Clematis mit ihren leuchtend blauen Blüten. Der üppigste Flor im terrassenartig angelegten Steingarten, überwiegend aus Kalkstein gebaut, stellte sich bis in den Sommer ein. Dieser Garten barg mancherlei Kleinod, reich blühende, polster- oder teppichartig wachsende Formen, Blaukissen, Pfingst-Nelken und Alpen-Astern. Hannah seufzte. Ihr war zu Ohren gekommen, dass ihr Haus samt Garten nach ihrem Auszug mehrfach seine Besitzer gewechselt hatte. Ein Vorteil des Älterwerdens war, auf das zurückzublicken, was man hinter sich hatte. Der letzte Teil ihrer Ehe mit Michael war eine schwere Zeit gewesen. Nun aber hatten sie es gut miteinander. Es war anders zwischen ihnen geworden, eigentlich viel besser. Hannah rief ihn an, wann immer ihr danach war. Er hörte geduldig zu und wies sie nie ab. Es war leicht, ihn zu mögen. Sie sah unauffällig zu ihm hinüber, er hatte die Arme vor der Brust verschränkt. Hannah setzte sich ein bisschen anders hin, schlug die Beine übereinander, strich mit der Hand über den glatten Stoff ihrer Hose und dabei dachte sie, dass sie dankbar sein konnte, wie gut sich die Dinge in ihrem Leben entwickelt hatten. Allmählich kamen die Musiker auf die Bühne und nahmen ihre Plätze ein. Notenständer wurden verstellt, die Streicher fassten ihre Bogen, Klarinettisten und Flötisten bliesen ihre Läufe und der Klang des Stimmens hob an.

„Ich habe Marlene ewig nicht gesehen“, sagte Michael, während er sich zu ihr hinüberbeugte. Marlene war groß und nicht zu übersehen. Sie trug ein blau glitzerndes Kleid, ihr Mann war ein Stückchen hinter ihr. Er berührte seine Frau am Arm und deutete auf die Sitzplatznummerierungen, aber Marlene schüttelte den Kopf. Sie quetschte sich an den Sitzenden vorbei, um zu ihrem Platz in der Mitte zu kommen.

„Wie Bruno es bloß mit ihr aushält“, murmelte Michael. Die Musik begann und er zwinkerte Hannah mit einem Auge zu. Die Bruggers lösten einige Unruhe aus, denn Marlene hatte sich getäuscht. Die Sitzplätze befanden sich ein paar Reihen weiter vorne. Als sie endlich ihre Plätze eingenommen hatten, konnte Hannah sehen, wie Marlene sich den Seidenschal von den Schultern zog, um ihn gleich darauf mithilfe von Bruno wieder umzulegen. Als sie Nachbarn gewesen waren, hatte Hannah versucht, sich von Marlene fernzuhalten. Die Gespräche mit ihr waren ihr unangenehm. Hannah fand, dass sie etwas durch und durch Gnadenloses an sich hatte. Marlenes Kopf war gut sichtbar. Sie überragte auch im Sitzen die anderen Zuhörer. Hannah beobachtete, wie Marlene eine Bemerkung zu ihrem Mann machte. Bruno sah Marlene an, nickte und dabei lächelte er.

Er liebt sie, dachte Hannah, *deshalb hält er es mit ihr aus*. Sie spürte einen uralten, vertrauten Schmerz im Unterbauch. Sie atmete tief aus und dachte, wie wenig man als junge Frau doch weiß. Hoffnungen, Begierden, Enttäuschungen und Unruhen lagen vor einem. Und ehe man wusste, wie einem geschah, lernte man jemanden kennen, verliebte sich, dann kamen Kinder und man stritt sich und suchte Schuld, bis man erschöpft und müde war. Verstohlen sah Hannah während des Konzerts zu den Bruggers hinüber. Fast meinte sie in Brunos Zügen einen geschlagenen Jungen zu sehen, unterlegen. Vielleicht hatte er eine Mutter gehabt, der er nichts, aber auch gar nichts hatte recht machen können?

In der Pause ließ sich ein Zusammentreffen nicht vermeiden. „Wir haben uns so lange nicht gesehen“, sagte Marlene. „Wie geht es euch? Was treibt Charlotte?“ Marlene war perfekt geschminkt, ihre Augen glänzten und das helle Haar war zu einem akkuraten Dutt im Nacken gefasst. Und so beschrieb Hannah die Stelle, die Charlotte derzeit hatte und dass sie wohl bald heiraten werde. Marlene verzog keine Miene, kein Lächeln, kein Kopfnicken. Bruno meinte, er werde demnächst sechzig Jahre alt und plane eine große Feier. „Machst du auch Pläne für den Ruhestand?“, fragte

Michael. „Ganz bestimmt nicht“, antwortete Bruno. „Meine Arbeit ist mir wichtig. Wenn ich tot bin, kann ich ruhen. Und hoffentlich in Frieden.“ Er lachte und sie lachten mit. Aus seinem schnellen Blick zu Marlene und der Art, wie sie ihren Mund verzog, wurde Hannah jedoch klar, dass er wenig Lust hatte, den ganzen Tag daheim bei seiner Frau zu verbringen. Wie Recht sie hatte.

Ein paar Jahre zuvor war eine Frau in Brunos Dasein zur beherrschenden Leidenschaft geworden. Und das war nicht Marlene gewesen. Er würde nie vergessen, wie ihm zumute war, als er ihr das erste Mal begegnete. Es war Ende März, aber in der Nacht war viel Schnee gefallen, sodass noch am Nachmittag der Neuschnee in der Sonne glitzerte. Viele Jahre lang fuhr Bruno die Strecke beinahe jeden Morgen, wenn er seinen Dienst im Krankenhaus der nahe gelegenen Stadt antrat. Diese frühen Morgenstunden waren ihm lieb, sie fühlten sich wie sein Geheimnis an. Das Licht brach durch den Frühnebel und zu seiner Rechten blitzten die Hainbuchen hoch und kraftvoll auf. Im Sommer hatte er, solange er auf der Landstraße fuhr, das Fenster einen Spalt geöffnet, weil er den Duft der regennassen Luft nach einem nächtlichen Regenguss und das frühmorgendliche Vogelgezwitscher liebte. Die Klinik war ein mehrgeschossiger Neubau und jeden Morgen parkte Bruno das Auto bei den großen metallenen Müllcontainern. Dann betrat er das Gebäude durch die Hintertür. Er stieg die Treppen hoch, ging den Gang entlang, eingehüllt in den Geruch von Desinfektionsflüssigkeit. Im Schwesternzimmer wurde ihm ein Becher Kaffee in die Hand gedrückt. Dieses Ritual hatte etwas unglaublich Wohltuendes. Alles Missliche, was es in seinem Alltagsleben gab, blieb zurück und er war ein glücklicher Mensch. Er setzte sich, die Beine ausgestreckt, neben sich der Rollwagen, der für die Visite bereitstand. Auf dem Gang die schlurfenden Schritte einer Patientin und etwas später die quietschenden Räder am Karren der Putzfrau, die kam, um den Boden feucht aufzuwischen. Als der Chefarzt die neue Oberärztin, die an diesem Tag in der Ambulanz der Klinik ihren Dienst beginnen sollte, vorstellte und Bruno ihr die Hand gab, mochte er kaum den Blick von ihr wenden. Sie war von großer, schlanker Gestalt und strahlte etwas Kraftvolles, Geheimnisvolles aus. Die neue Kollegin hatte ein außergewöhnlich schönes, von schwarzen Haaren umrahmtes Gesicht und schien gänzlich in sich zu ruhen. Bruno war auf eine besondere Weise gefesselt, diese Frau war nicht nur ein Geschöpf von Schönheit, sondern ihm war, als würde plötzlich eine Kuppel aus Glas über seinem Kopf in tausend Scherben zerbersten, sodass er die ganze weite Welt nicht nur spürte, sondern sich fühlte, als wäre er eins mit allem. Auf den Gedanken, dass sie eine Gefahr für ihn bergen konnte, kam er nicht. Als er heimfuhr, vorbei an den kraftvollen Buchen, dachte er an seine neue Kollegin. Sie hieß Luzia und fuhr in die entgegengesetzte Richtung, sie wohnte am anderen Ende der Stadt. Bruno hätte nicht zu sagen vermocht, weshalb ihn bei den Gedanken an diese Frau ein solch freudiges Empfinden erfüllte. Als er in die Garage fuhr, sah er Marlene im Garten. Bruno hasste Gartenarbeit, denn in seiner Kindheit bedeutete sie Strafarbeit. „Hallo", sagte er zu Marlene und trat auf sie zu. Er wollte seine Arme um sie legen, aber eine Kälte schien neben ihr zu stehen, wie ein unwillkommener Gast, der nicht nach Hause gehen will. Bisher war Bruno davon überzeugt gewesen, dass er das Leben führte, das er wollte. Am Abend fragte er Marlene: „Wie war dein Tag?" Marlene hatte ihrer Empörung freien Lauf gelassen. „Hast du eine Ahnung, wie saumäßig müde ich bin? Ich gehe auch arbeiten. Und dann koche ich und mache Hausaufgaben mit den Kindern. Und du ..." Sie stützte sich mit beiden Händen auf der Tischplatte ab und beugte sich so weit vor, dass Bruno erschrocken zurückwich. Ihr

Haar fiel ihr in die Augen. „Ich hab es satt. Du interessierst dich überhaupt nicht mehr für mich, sondern verschanzt dich nur noch in der Klinik."

„Meine Arbeit macht mir Spaß", gab Bruno zurück und dabei dachte er an Luzia. Von nun an verfiel seine Frau in eine Unfreundlichkeit und Bissigkeit, die die Atmosphäre im ganzen Haus vergiftete. Jeden Abend zog sich etwas Drückendes, Gewitterschweres durch sein Inneres und manchmal entlud sich die Spannung in kurzen, heftigen Kämpfen mit Marlene und den Kindern. Als er Luzia kennenlernte, verschwieg er nicht, dass er Frau und Kinder hatte. Luzia lachte nur und sagte: „Dann geh lieber. Sonst gehörst du mir." Als sie das erste Mal seine Hand berührte, fühlte es sich an, als würde er von etwas ganz und gar Unbeschreiblichem, etwas Machtvollem gestreift. Er fühlte sich von einer Kraft umfangen und just in diesem Augenblick erkannte er, dass sich in seinem Leben so vieles um ein schieres Durchhalten drehte. Wenn er im Winter zur Arbeit fuhr, war es dunkel. Später wurde es heller, weil es Frühling wurde. Dann kam der Sommer. Sein Herz aber war zu jeder Jahreszeit vor Freude zum Überfließen voll. Das Jahr mit Luzia war das glücklichste in seinem Leben. Eine derartige Beurteilung vorzunehmen empfand er zwar als naiv, aber es hinterließ ein Gefühl der Unvergänglichkeit. Als die Sonne im Herbst wieder rasch hinter dem Horizont sank und Bruno nach der Arbeit in sein Auto stieg, um nach Hause zu fahren, war ihm bei dem Gedanken an Luzia plötzlich zum Weinen zumute. Die Zeit, die er mit ihr verbracht hatte, ihre Wohnung, in der sie lebte und in der er nun seit über einem Jahr ein- und ausging, der Garten mit den Blautannen, er sehnte sich so sehr danach. „Marlene", rief er, als er durch die Tür kam. „Marlene?" Seine Tochter lag auf dem Sofa und blätterte in einer Zeitschrift. Bruno ging an ihr vorbei, die Treppe hinauf. Marlene stand im Schlafzimmer. „Für wie dumm hältst du mich eigentlich?", sagte sie. Sie war blass und ihr Mund war nur ein schmaler Strich. Die Knie wurden ihm weich. Er versuchte ein Lächeln. „Ich weiß haargenau, dass du dich mit ihr triffst." Marlene machte einen Schritt auf ihn zu, fasste ihn an seinem rechten Oberarm, zog ihn an sich heran, um ihn dann heftig von sich wegzuschubsen. Sie zischte: „Am liebsten würde ich dich schlagen." „Hör auf, Marlene. Sei doch vernünftig. Ich kann dir alles erklären." Aber Marlene schrie: „Hau einfach ab!" Als er die Haustür hinter sich zufallen ließ, fühlte er sich wie ein geprügelter Hund. Mit zitternden Fingern wählte er Luzias Nummer. Nach dem dritten Klingeln hörte er ihre Stimme. Nur deswegen, schien ihm, war er am Leben und hatte bis zum heutigen Tag durchgehalten. Um den Klang ihrer Stimme zu hören, die aus ihrem Körper kam. Den Körper, den er anbetete. „Ich bin es", sagte er. „Bruno." Er räusperte sich. „Wie geht es dir?" „Gut. Und dir?" „Auch gut", sagte Bruno. Er atmete tief ein und sah in den dunklen Himmel. „Können wir uns wiedersehen?" „Bruno, hör zu, ich muss dir etwas sagen." Eine enge, dunkle Kammer schloss sich um ihn, es war seltsam, denn die Worte schmerzten wie Nadeln. „Bruno, ich tue dir nicht gut. Ich habe eine Entscheidung getroffen." Sie schwieg einen Moment. Er drückte sein Handy noch fester ans Ohr und öffnete seinen Mund. Aber er blieb still, stand da im Dunkeln und fühlte sich, als müsste er gleich sterben. „Ich hätte es nie so weit kommen lassen dürfen", sagte sie. Der dunkle Raum um ihn wurde schwarz. „Luzia, was ist los? Kannst du mir sagen, was eigentlich los ist?" Das hörte er sich sagen. „Ja", sagte sie. Ihre Stimme klang fest. „Ich fühle mich wie gespalten. In einen Menschen, der möchte, dass es dir gut geht und einen, der dich zerstören will. Und deshalb muss ich Schluss machen." „Gibt es einen anderen?", fragte er. Sie legte auf. Bruno fühlte sich benommen, sein Hirn war vernebelt und er wusste, dass sie ihn sein ganzes Leben verfolgen würde. Noch jahrelang würde ihn die Erinnerung an sie überwältigen. Welch unbändiges Glück ihn doch in seiner Vergangenheit erfüllt hatte. „Bruno“, hatte Luzia, noch im Bett liegend, an ihrem letzten Morgen zu ihm gesagt, „du bist ein guter Mensch, ich liebe dich.“ Es machte ihn glücklich, das zu hören. Und um ein Haar hätte er gesagt: „Ach, Luzia, ich will mein Leben ganz mit dir verbringen“, aber er sagte nichts, weil er sich seltsamerweise bereits beim Aufwachen nicht glücklich, sondern wie ein trauriges Kind gefühlt hatte. Er wollte alles anhalten, um darüber nachzudenken, was geschehen war.

Im Dunklen lag Marlene auf dem Bett und dachte an den Film, den sie gesehen hatte. Er hieß *Ehepaare* und sie hatte sich wochenlang immer wieder dieselbe Szene angeschaut. Eine Frau in ihrem Alter, Emma, sitzt in einem Restaurant. Ihr Blick fällt auf einen Mann, der mit einer attraktiven jungen Frau, *er könnte ihr Vater sein*, an einem der Tische im hinteren Teil des Lokals sitzt. Bei dem Mann handelt es sich um Emmas Ehemann, die Frau ist eine Kollegin aus dem Anwaltsbüro ihres Mannes. Auf dem Tisch steht eine Flasche Wein in einem Kühler. Emmas Mann beugt sich vor, lehnt sich wieder zurück, verschränkt die Arme, legt den

Kopf schräg. *Wie ein balzender Hahn.* Marlene dachte oft an Emma, die für sie wie eine heimliche Freundin geworden war. Denn Emma hatte in ihrem Leben genau dasselbe gefühlt und durchgemacht wie sie. In den Wochen, nachdem Marlene Bruno des Hauses verwiesen hatte, war immer der Morgen die Zeit, in der sie von Neuem begriff, dass Bruno fort war. Nach dem Aufwachen musste sie erst die Wellen der Angst beruhigen, die noch in ihr schlugen, aus Träumen, an die sie sich nicht mehr erinnern konnte. Ohne zu frühstücken, verließ sie beinahe fluchtartig das Haus, um sich ins Auto zu setzen und an einen entlegenen Weiher zu fahren. Dort rannte sie eine Stunde über matschige Wege und Wiesen. In den Wochen nach der Trennung lief Marlene bei Regen, Wind und Sonne kilometerlange Strecken, um ihre Scham zu beschwichtigen. Die Vorstellung, dass sie jemandem begegnen könnte, der sie kannte, war ihr unerträglich. Sobald sie Nachbarn begegnete, war ihr, als würden sie mit dem Finger auf sie zeigen und sie als betrogene Ehefrau erkennen. In nächtlichen Träumen bewohnte Marlene eine Gefahrenzone, in der kein Bereich ihres Lebens von der Auflösung verschont blieb. Als sie Bruno kennengelernt hatte, war sie verblüfft gewesen, dass er regelmäßig meditierte. Jeweils eine Stunde morgens und abends durfte man ihn nicht stören und sie hielt sich daran. Allerdings hatte sie heimlich die Tür geöffnet und gesehen, wie er mit leerem Blick im Schlafzimmer auf dem Fußboden saß. Sie hatte ihn gefragt, woran er denke, wenn er meditiere. Und seine Antwort war: „Ich wiederhole nur zwei Worte." Sie hatte sich geehrt gefühlt, als er ihr sie verraten hatte. „So, Ham." Komisch, dass sie in den letzten Wochen so viel daran denken musste. Aber als sich Marlene nach dem Laufen wieder hinters Lenkrad setzte, auf den sonnengewärmten Platz, dachte sie, dass es vielleicht ja kein so großer Unterschied war, ob man ins Leere starrte und „so Ham" dachte oder ob man laufen ging. Ob Bruno meditierte? *Vielleicht sollte ich ihn anrufen und fragen*, dachte Marlene.

Mütter und Töchter

„Wo hast du die ganze Zeit gesteckt?“ Eva nahm ihre Sonnenbrille ab, konnte aber trotzdem die Augen ihrer Tochter, die eine Brille mit dunklen Gläsern trug, nicht sehen. „Ich habe so oft bei dir angerufen. Warum meldest du dich nie?“ Marie sagte lange nichts, sondern sah hinauf zum Himmel, dann hinter sich, dann wieder zu ihrer Mutter. „Ich will meine Ruhe haben.“ Jahre später, wenn Eva sich die Szene ins Gedächtnis rief, kam ihr vor, als hätte ihre Tochter sie während des Gespräches kein einziges Mal angesehen. An die Unterhaltung mit ihr konnte sich Eva nicht erinnern. Nur an ihren flehenden Tonfall in der Stimme, als sie sagte: „Bitte, lass uns doch vernünftig miteinander sprechen.“ Marie sprach die letzten Sätze langsam flüsternd. „Ich will dich nie mehr sehen.“ An diesem Nachmittag wanderte Eva in schlafwandlerischem Zustand durch die Straßen nach Hause.

Nach der anhaltenden Hitzeperiode warnten die Meteorologen vor schweren Unwettern. Am Himmel, der grimmig und dramatisch aussah, türmten sich dunkle Gewitterwolken. Vor dem Fenster bogen sich die Apfelbäume im Wind. Mit einem Mal wurde es im Sprechzimmer der Praxis dunkel und Renate Miller, Evas Psychotherapeutin, schaltete das Licht ein. Eva wusste nicht, wie sie es schaffen sollte, zu erklären, wie schrecklich das Ganze für sie war. Wie sollte sie Worte dafür finden, für die unzähligen kleinen Puzzleteile in ihr, das fürchterliche Wirrwarr aus Gedanken und Erinnerungen. „Ich hätte niemals Mutter werden dürfen“, weinte sie. Eva war an diesem Hochsommertag in Schwarz gekleidet. „Es ist beängstigend. Alles in mir ist in Aufruhr. Keinen klaren Gedanken kann ich fassen. Ich habe meine Tochter verloren und fühle mich selbst wie ein kleines Kind.“ Es folgte eine kurze Pause, dann ein Seufzen ihrer Therapeutin in einem Ton so restlosen Verstehens und Eva dachte, das ist ihre große Stärke, eine solche Mutter habe ich mir immer gewünscht.

„Ich möchte sterben. Es macht mir gar nichts aus.“

Frau Miller sah ihre Patientin ruhig an.

„Vielleicht wird es Ihnen aber später etwas ausmachen.“

Vor Evas Auge taucht eine Szene auf, die sich in ihrer Wohnung vor über zwanzig Jahren zugetragen hat, kurz nach ihrer Scheidung. Ihr Ex-Mann Eric dreht sich zu ihr und reißt mit einem wütenden Ruck seine Krawatte herunter. Er ist ganz rot im Gesicht und lässt sich auf die Couch fallen. „Was heißt das, Marie ist abgehauen? Sie ist gerade mal zehn Jahre alt." „Wir hatten Streit. Sie sagte, sie wolle mich nie wiedersehen."

„Wo ist sie denn?"

„Ich weiß es nicht."

Man kann mit vielem leben. Mit schlechten Noten in der Schule, Wutanfällen, aber doch nicht damit, dass ein Kind schon in der Kindheit sagt: „Ich hasse dich", das Haus verlässt und nicht mehr wiederkommen will. Immer öfter drängen sich Eva Bilder auf, von einem zehnjährigen Mädchen in einem dunkelroten Trainingsanzug, das draußen im Hof steht, wo der Wind ihre strähnigen Haare zaust und das zusammenzuckt und den Kopf einzieht, wenn es angesprochen wird. Maries Augen blicken groß und ratlos. Ihre Fingernägel sind abgekaut. Maries Angst bringt Eva auf die Palme. Sie schimpft: „Lass die Schultern nicht so hängen, steh gerade, das ist wichtig für dein Selbstgefühl." Ein Kind alleine großzuziehen war kein Zuckerschlecken. Keinen Menschen liebte Eva so wie ihre Tochter. Es war eine schreckliche Vorstellung, dass ihr Kind sich vor ihr gefürchtet hatte. Nachts hat Eva Albträume. An den Wochenenden hört sie Kinderlachen, das aus dem Garten ihrer Nachbarn kommt. Die Mutter der beiden Kinder ist eine hochgewachsene Frau mit leuchtendem Gesicht und blauen Augen. Eva empfindet ihre Attraktivität beinahe als aggressiv. Der Ehemann wirkt fröhlich, munter, gut gelaunt und spielt Fußball mit den Kindern. Früher hat das Leben für Eva noch einen süßen Sog gehabt. Sie sehnt sich danach, die Zeit zurückzudrehen, an Maries Haar zu riechen, wie bei einem Baby, und ihre Tochter in den Armen zu halten, die so frei von jeglicher Schuld ist, wie das Blau des Himmels rein ist. Eva hat ihren Glauben verloren. Es quält sie, dass ihr die tiefe Gewissheit, dass es etwas viel Größeres gibt, etwas, das niemand mit dem Verstand begreifen kann, abhandengekommen ist. Ihr Leben hatte immer Sinn ergeben, nun ist das Empfinden einfach weg. Hat sie sich die Momente, in denen sie sich glücklich fühlte, doch nur eingebildet? Früher hatte sie die Stirn gerunzelt, wenn sie Leute sagen hörte, dass sie Atheisten seien. Jetzt versteht sie, was sie meinten. In manchen Nächten träumt sie, dass sich eine riesige Kuppel über ihrem Kopf wölbt und sie davon abhält, die ganze Welt zu spüren.

Am Ende der Therapiesitzung begleitete Renate Miller Eva zur Tür. Als sie sich verabschiedeten, sah sie Evas Gesicht viel näher. Sie war erschüttert, wie furchtbar Eva aussah, ihr Gesicht wirkte blass und alt, sodass Renate sich flüchtig fragte, ob ihre Patientin ernsthaft krank sei. Eva fühlte sich tatsächlich schrecklich schwach. Das Unwohlsein verstärkte sich im Laufe des Nachmittags, ihr war übel und ihr Magen schmerzte. Es fühlte sich furchtbar eng in ihrer Brust an und mit der Enge kam die Panik. Sie schloss die Augen und murmelte: „Ich bekomme einen Herzinfarkt." Aber Eva hatte eine Vorgeschichte und wusste, dass sie nicht alles glauben durfte, was sie dachte. Mit Panikattacken kannte sie sich aus. Deshalb blieb sie einfach auf dem Sofa liegen. Sie wollte sich nicht die Blöße geben und einen Krankenwagen rufen, um von einer überarbeiteten Ärztin zu hören, dass mit ihrem Herzen alles in bester Ordnung sei.

Noch vor wenigen Stunden war Eva komplett aufgelöst in Frau Millers Praxis gesessen, nun breitete sich ein merkwürdiges Gefühl in ihrem Kopf aus. Als sei ihr Gehirn in Watte gepackt. Eva fiel ein, dass sie außer einer Tasse Tee am Morgen noch nichts zu sich genommen hatte. Sie spürte weder Hunger noch Durst, trank aber hintereinander zwei Gläser Wasser in der

Hoffnung, sich besser zu fühlen und die Dinge um sich herum wieder klarer zu sehen. Eva schluckte, als sie daran dachte, dass Maries Züge kein Anzeichen eines Sehens und Erkennens offenbarten, als sie sich heute Vormittag auf der Straße begegnet waren. Vor etwa einem Jahr hatte es einen heftigen Streit zwischen ihrer Tochter und ihr gegeben und die Szene war tief in ihr verkapselt. Sie spürte, wenn sie daran dachte, einen Schmerz tief in ihrer Brust. Marie hatte sie angeschrien. „Ich hasse dich“, und dabei spritzte Speichel aus ihrem Mund. Als sie Frau Miller davon erzählt hatte, konnte sie nicht aufhören zu weinen. Eva spürte eine innige Zuneigung zu dieser Frau, die sie seit Jahren kannte. Manchmal war es nur der Tonfall oder ein bestimmter Gesichtsausdruck, der Eva unendlich trostreich erschien. Heute Nachmittag schluchzte Eva: „Ich fürchte, ich bin nicht normal, ich bin nicht mehr ganz richtig im Kopf“, und Frau Miller sagte: „Sie stehen unter Stress, Sie sind nicht verrückt.“ Jetzt verstärkte sich der Schmerz an der Stelle unterhalb Evas Brustbein so sehr, dass ihr Gedächtnis nur noch unscharfer Bilder habhaft wurde. Marie, die die Tür zuschlug und sie zurückließ. In Evas Kopf drehte sich alles. Schauer rieselten durch ihren Körper und ihr wurde eisig kalt. Eva hörte einen grauenvollen Laut, es war ihr eigenes durchdringendes Klagen, das sie erschreckte. *Hilf mir, hilf mir*, dachte sie. Mascha fiel ihr ein. Maries Plüschkatze aus Kindheitstagen, die auf dem Sofa hinter den Kissen lag. Eva nahm das Stofftier in die Arme. Durch das Fenster fiel ein plötzlicher Sonnenstreifen, der ein schmales Lichtband über das Sofa zog. Sie spürte einen üblen Geschmack in ihrem Mund, als hätte sie sich eine Woche lang nicht die Zähne geputzt. Sie bekam schlecht Luft. Es gelang ihr nicht, vom Sofa aufzustehen, so stark war der Schmerz im Magen. Sie spürte eine heftige Übelkeit und ihr Herz schlug schnell. Eva dachte an ihre Mutter, die schon lange tot war und an ihren Vater, der starb, als sie ein Kind war. Sie fragte sich, wann bestimmt worden war, dass ihr Lebensweg auf diese Weise verlaufen sollte. Als die Atemnot stärker wurde, wählte sie die Nummer der Rettung.

Renate Miller empfand seit geraumer Zeit ein hartnäckiges, intensives Gefühl von Vergeblichkeit, das sich nicht verscheuchen ließ. Den Menschen, die sie aufsuchten, waren ihre Verwundungen oft in ihrer frühen Kindheit zugefügt worden. Bis sie in ihre Praxis kamen, hatte sich der Schmerz ihrer Patienten chronifiziert und zu einer betäubenden Ansammlung von Ausdrucksweisen und raffinierten Strategien verhärtet. Viele waren einsam und jeder wollte seine quälenden Leiden so schnell wie möglich loswerden. Bestenfalls konnte sie ihnen eine begrenzte Zuflucht verschaffen, einen Augenblick der Sammlung und Erholung. Hinter dem gequälten Ausdruck, den Renates Gesicht in manchen Momenten im Gespräch mit manchen Patienten zeigte, steckte der nagende Gedanke an ihre sechzehnjährige Tochter. Sie spürte, dass Nina sie hasste. Sie sah es in ihren Blicken. Nina hatte ihr am Morgen einen flüchtigen Blick zugeworfen und Renate glaubte darin einen versteinerten Ausdruck des Bescheidwissens zu erkennen. Sie fühlte sich ertappt. Sie tat sich schwer mit bedingungsloser Liebe. Nina war ein Adoptivkind. Man hätte Dankbarkeit erwarten können. Nina wusste jedoch nichts von ihrer Herkunft. Alfons und sie hatten den richtigen Zeitpunkt verpasst, Nina über ihre wahren historischen Wurzeln aufzuklären. Für Renate hatte es sich nie stimmig angefühlt. Sie hatte Angst vor Ninas explosivem Temperament. Immer wenn eine ihrer Patientinnen von einem Familiengeheimnis erzählte, begann sie unruhig auf ihrem Stuhl herumzurutschen. Sie konnte sich nichts vormachen, in ihrem Leben war nicht alles eitel Wonne. Seit geraumer Zeit wechselte Renates Stimmung mit besorgniserregender Geschwindigkeit. Sie schob es auf die Wechseljahre. Ihre Ehe machte ihr zu schaffen. Eigentlich führte sie doch eine glückliche Ehe. Nein, nicht ganz, zu einer glücklichen Ehe gehörte schließlich ein glückliches Sexualleben. Alfons war auf Distanz zu ihr gegangen und an manchen Tagen lag eine Spannung in der Luft, die sie beide ein- und ausatmeten. Aber sie taten so, als wäre nichts. Renate fühlte sich einsam und neben den Augenblicken der Hoffnung, dass alles irgendwie doch gut ausgehe, hatte sie Empfindungen, die nur als Groll bezeichnet werden konnten. Sie hatte jede Nacht denselben Traum, in dem sie im Wasser schwamm und mit hohen Wellen kämpfte. Ihre Tochter und Alfons sahen ihr dabei zu. Sie saßen in einem Boot und halfen ihr nicht. Auch tagsüber gelang es Renate nicht, aus den unterschiedlichen Welten, die ihr Verstand in ihrem Kopf bewohnte, eine zu machen. Während eines Abendessens legte Nina nach ein paar Bissen das Besteck zur Seite. „Ich habe keinen Hunger", sagte sie. Ihre Augen schauten zu ihr hoch und einen Moment glaubte Renate das kleine Kind von früher zu sehen, als das volle Ausmaß ihrer Wut und ihrer Rebellion noch nicht offenbar war. Als Nina klein war, hatte auch Renate ihren Zorn nicht im Griff gehabt. Es waren nichtige Anlässe, die zu heftigen Wutausbrüchen führten. Ein Glas, das vom Tisch gefallen und zerbrochen war, einen Schlüssel, den sie nicht fand oder die Socken, die Nina auf dem Fußboden hatte liegen lassen. Es war schrecklich, sich zu erinnern, wie oft sie ihr Kind angeschrien hatte. Jahrelang begleitete sie ein Unbehagen, aber seitdem sich die Spannungen zwischen Nina und ihr immer heftiger entluden, verfolgte sie das Ganze wie ein Schatten. In schlaflosen Nächten malte sich Renate aus, was ihre Tochter sagen würde, wenn sie das Geheimnis endlich lüftete. „Ich glaube dir kein Wort!“ Das wäre noch die schönste Reaktion. Sie fürchtete, dass Nina schreien würde: „Ich wusste es schon immer, dass du nicht meine Mutter bist.“ Oder ihre Tochter sah sie in ihrer Vorstellung mitleidig an. „Warum erzählst du es mir erst jetzt?“

„Weil ich es nicht länger ertrage.“

„Du bist so feig. Warum hast du mir so lange etwas vorgemacht. Du bist doch Psychologin.“ In Renates Vorstellung standen sie sich gegenüber und ein Sturm fegte über sie hinweg.

„Hast du eine Ahnung, wie das ist, die Jahre vergehen und du sagst mir nicht die Wahrheit?“

„Ja, ich habe mir immer vorgenommen, heute sage ich es dir. Wenn ich von der Arbeit komme, dann erzähle ich es dir. Später, als du größer warst, wollte ich es aufschreiben und dir den Brief geben."

Während der Mittagszeit war in der Stadt viel los, in der Fußgängerzone drängten sich die Leute. Renate betrat das Lokal. Als sie Platz genommen hatte, glaubte sie Nina zu sehen. Ihre Tochter saß mit einer wesentlich älteren Frau – sie hätte ihre Mutter sein können – an einem Tisch im hinteren Teil des Raumes. Renate beobachtete, wie Nina lachte und sich eine Serviette vor den Mund drückte. Als die beiden das Lokal verließen, legte die Frau ihrer Tochter leicht die Hand auf den Rücken. Abends saßen Renate und Nina schweigend am Tisch, ohne sich anzusehen. Die Uhr an der Wand tickte. Durch das offene Fenster waren Stimmen zu hören und der Wind trug den Duft des Flieders herein, der vor dem Hauseingang blühte.

Zeit ihres Lebens würde Eva diesen Tag im Gedächtnis behalten. Sie würde sich immer an die nachmittäglichen Stunden erinnern, in denen sie sich schrecklich elend gefühlt hatte. Ihr Herz schlug schnell und ein Frösteln umhüllte ihren schwitzenden Körper. Sie hatte Todesangst. Schweiß brach auf ihrem Gesicht aus, unter ihren

Armen, es war, als müsste sie eine Katastrophe mit ansehen, als würde ein Erdbeben stattfinden und ihr ganzes Haus bald in Trümmern liegen. Aber es war kein Erdbeben. Es war ein Herzinfarkt. Ein Ruck ging durch ihr Leben. Evas Tod war plötzlich nah und real. Als sie erkannte, dass sie gegen diese Kraft nicht ankam, ließ sie los und tat, was sie in ihrem ganzen Leben nie getan hatte. Sie gab sich hin und machte die Erfahrung, sie musste nur vertrauen, mit der Welle schwimmen. Und plötzlich war sie frei und leicht. Sie sah dem Notarzt bei der Arbeit zu und längst vergessene Szenen ihres Lebens tauchten auf. Es waren glückliche Tage, die sie betrachtete, als wären sie in einem Stapel Fotografien festgehalten worden. Sie stieg vom Steg in ein Ruderboot, um in die Mitte des Bergsees zu gelangen, sie sah ihren Vater, der am Ufer stand und mit der Angel einen Fisch einholte. Sie sah, wie ihr Vater das Auto vorsichtig über die schmale Landstraße lenkte, um dann links abzubiegen. Die Zufahrt war lang, vor dem Haus standen große Linden. Aber Evas Zeit war noch nicht abgelaufen und die Ärzte holten sie zurück ins Leben. Seither ist ihr Unglücklichsein vorbei. Sie trägt bunte Kleidung und tief in ihr spürt sie etwas, das sie nicht in Worte fassen kann. Die Luft ist nicht einfach nur Luft. Etwas umgibt sie so deutlich fühlbar, wie man das Wasser um sich spürt, wenn man in einem See schwimmt.

„Ich war im Licht", sagte sie zu Frau Miller. „Ich wollte nicht zurück. Aber als ich aus dem Koma erwachte, saß meine Tochter bei mir."

Alte Häuser

Es war ein unverhältnismäßig langer, heißer Sommer. Dahlien und Stockrosen standen in voller Blüte und üppiger Blauregen hing auf die Gehwege herab. Vera stieg aus dem Taxi, sie trug ein helles Leinenkleid. Der Immobilienmakler wartete bereits. Seit geraumer Zeit vertrieb sie sich die Zeit damit, Häuser zu besichtigen. Sie verabredete sich mit Maklern, die sich auf den Verkauf von Altbauwohnungen spezialisiert hatten. Es war überwältigend, wie die Zeit in diesen Häusern stehen geblieben war und Vera staunte über die Einrichtungen, die sie zu sehen bekam. Nach den Besichtigungen fiel es ihr zunehmend schwer, in ihre Wohnung zurückzukehren, in der Berge dreckiger Wäsche, schmutziges Geschirr und unbezahlte Rechnungen auf sie warteten. Sie hasste Unordnung und konnte es nicht fassen, wie es so weit mit ihr hatte kommen können. Sobald sie einen Schritt in ihre Wohnung machte, überfiel sie eine Lähmung und sie hatte weder Energie noch Kraft, irgendetwas zu tun. Der Gedanke, weiterhin in ihrem Chaos zu leben, bekümmerte sie. Ihre Tagträume waren Vera peinlich. Sie waren eine

Flucht und einer Erwachsenen nicht würdig. Aber trugen nicht alle Menschen ein solches Bild im Inneren? Ein Sehnsuchtsbild, das alles in sich komprimierte, wie man gerne leben wollte? Sie verschlang Bücher wie „Die Kraft des positiven Denkens“, „Lebe deine Vision“ und „Die Kunst des Manifestierens“. Ihr Ex-Freund hatte das ohne Zögern als esoterische Scheiße bezeichnet. Es ärgerte sie, wie oft er über sie gespottet hatte. Sie war der Meinung, sie könne alles schaffen, wenn sie sich nur fest genug anstrengte. Ihre Haltung *„wo ein Wille da ein Weg“* war ihr Leitmotiv gewesen, das bis vor kurzem zuverlässig funktionierte. Einen Vater wie Bruno hätte sie gebraucht. Er ging freundlich mit ihr um. Sie mochte es, mit ihm während seiner Mittagspause in einem Hotel in der Nähe des Krankenhauses, in dem er arbeitete, im Bett zu liegen. Das Fenster war weit geöffnet und Luft strömte in den Raum. Abends döste sie auf ihrer fleckigen Matratze in ihrem winzigen Dachgeschosszimmer und lauschte auf den Wind. Sobald Vera einen neuen Besichtigungstermin mit einem Wohnungsmakler vereinbarte, fiel ihr Kummer zuverlässig ab. Neu renovierte Wohnungen in Villen aus der Gründerzeit zu besichtigen, war besser als jedes Psychopharmakon. Bruno war in vielerlei Hinsicht großzügig. Er unterstützte sie finanziell. Vera hatte nie teure Kleidung besessen, aber nun trieb es sie in die Boutiquen in der Innenstadt. Anfangs verzogen die Verkäuferinnen ihr Gesicht, mit hochgezogenen Brauen nahmen sie die abgetragenen Turnschuhe und zerrissenen Jeans zur Kenntnis und lächelten mitleidig. Nach ihrer Verwandlung, als sie Armani trug und teure Schuhe, kamen die Verkäuferinnen auf sie zu und boten Cappuccino an. Vera genoss die falschen Komplimente der Verkäuferinnen. Vor den Besichtigungen badete und schminkte Vera sich und als sie in den Spiegel blickte, erkannte sie sich nicht. Sie war zu einer Anderen geworden, einer Frau, die sich der Welt gewachsen fühlte. Manchmal überkam sie eine Euphorie. Sie hatte starke Frauen in Filmen und Büchern bewundert, nun war sie eine davon. Wenn sich Vera einsam fühlte, rief sie ihre Mutter an. „Ich wollte nur hören, wie es dir geht“, sagte Vera. „Was machst du?“, fragte ihre Mutter zurück. „Ich stecke mitten in den Prüfungen. Wenn alles glatt läuft, bin ich Ende nächsten Jahres fertig mit dem Studium.“ Sie seufzte ein bisschen. „Was ist los?“ „Nichts.“ „Ich höre doch, dass etwas ist.“ „Nein. Es geht mir gut“, sagte Vera. „Warum sagst du mir denn nicht die Wahrheit? Ich spüre doch, dass irgendetwas ist.“ „Ach, Mama“, stöhnte sie und ihre Stimme zitterte.

„Es ist nichts. Alles ist in Ordnung und es nervt mich, wenn du mir nicht glaubst.“ Nach solchen Telefonaten betrank sich Vera innerhalb einer halben Stunde mit einer Flasche Wein. Früher hatte ihre Mutter geschimpft. „Träum nicht so viel. Hilf mir lieber und packe mit an.“ Und schon damals hätte Vera gerne gesagt: „Ich muss das tun. Nur so kann ich die beschissene Welt ertragen.“ In den Träumen war ihr Leben schön. Die Bilder, die sie schuf, waren ihre Verbündeten und ließen sie nie im Stich. Ihre Mutter trug zum Putzen eine graue Kittelschürze. Als Fünfjährige begleitete Vera ihre Mutter jeden Dienstag in die Villa in unmittelbarer Nähe zur Staatsoper. Hier war der Mittelpunkt der Stadt. Es wurde ihr Sehnsuchtsort, den sie staunend, neidvoll und gierig betrat. Das war die größte und schönste Wohnung, die sie je gesehen hatte. Wenn ihre Mutter mit dem Schlüssel die Tür öffnete, roch Vera den Duft des Parfums der Dame des Hauses. Manchmal mischte sich der Geruch mit dem Aroma von Kaffee. Frau von Stade war Sängerin in der nahe gelegenen Oper. Vera bekam sie nie zu Gesicht, denn während des Putzens hielt sie sich stets außer Haus auf. Während ihre Mutter mit Staubsauger und Schrubber ans Werk ging, saß Vera auf einem Schemel in der Diele und sah durch mehrere ineinander übergehende Zimmer zu einem weißen Sofa vor einem rundbogigen Fenster. Die Wohnung, voll mit dünnbeinigen, vergoldeten Tischen, Spiegel und Stühlen war seit Veras Kindheit zum Bild des Ortes eines erfolgreichen Seins geworden. Immer wieder betrachtete sie als Kind den langen bunten Teppich in der Diele, die Ölgemälde, die Bücherregale. Das Fischgrätparkett zeigte einen honiggelben Farbton. Die Mutter putzte Fenster, entfernte mit dem Besen den Staub von den Stuckdecken. Manchmal schlich sich Vera ins Schlafzimmer aufs Bett und strich mit der Handfläche über die Tagesdecke. Auf dem Nachttisch lag ein Märchenbuch. Vera schlug das Buch auf und stellte sich vor, wie Frau von Stade ihr daraus vorlas. Mit geschlossenen Augen lag sie auf dem Bett und lauschte ihrer Stimme. Manchmal öffnete Vera ihre Augen und schaute an die hohe Decke, die reich mit Stuck verziert war. Es gab eine Verbindungstür zwischen Schlaf- und Esszimmer, von dem eine weitere Tür in die Bibliothek mit Regalen voller Bücher führte. Wenn ihre Mutter die Fläche des Eichenparketts putzte, glänzte sie wie ausgelaufener Honig. Die Küche war, wie alles in der Wohnung, überdimensional, mit himmelhoher Decke und schwarz-weiß gefliesten Boden. Im Bad stand eine löwenfüßige Badewanne und die

Armaturen schienen vergoldet zu sein. Betrat man den Balkon, blickte man in einen weitläufigen, parkähnlichen Garten. Vier Stunden putzte ihre Mutter. Dann waren ihre Hände vom Putzwasser aufgeweicht und ein starker Schweißgeruch ging von ihr aus. Sie packte ihre Plastiklatschen in die Umhängetasche, zog den Kittel aus und machte sich mit Vera auf den Heimweg. Das Mietshaus, in dem sie lebten, lag an einer Hauptverkehrsader und das Treppenhaus war dunkel und stank faulig. Ihre Wäsche trockneten sie im Wohnzimmer. Dort stand ein verschlissener Kunstledersessel, in dem ihre Mutter abends saß. Gegenüber stand der Fernseher. Vera hatte ein Kinderzimmer, in dem ein Schreibtisch, Bett und ein Stuhl standen. Ihre Mutter schlief auf einer Schlafcouch im Wohnzimmer. In der Schule ahnte niemand, dass ihr das Lernen schwerfiel und wie hart sie für die Noten arbeitete. Als sie nach dem Abitur ein Studium begann und dafür BAföG beantragte, war ihre Mutter stolz auf sie. Vera wollte ihre Mutter glücklich machen. Nach der lebenslangen Schufterei verdiente sie es, belohnt zu werden. Früher waren es Veras gute Noten, auf die ihre Mutter stolz war, heute hielt sie die ganze Nachbarschaft auf dem Laufenden, wann wieder eine wichtige Klausur anstand, für die es fest die

Daumen zu drücken galt. Ihre Mutter betete für gute Noten. Im Dom zündete sie regelmäßig Kerzen an und dankte Gott für ihr wunderbares Kind. Vera spürte eine leise Scham, wenn sie sich an ihre Schulzeit erinnerte, denn sie hatte nie eine Freundin zum Spielen mit nach Hause gebracht. Dass sie sich vor den Krampfadern ihrer Mutter ekelte, fand sie schrecklich. Als Medizinstudentin sollte sie damit eigentlich kein Problem haben. Sie hatte das schwache Bindegewebe ihrer Mutter geerbt und manchmal bildete sie sich ein, an ihren Beinen dunkle Schatten zu erkennen. Dass sie ihr Studium geschmissen hatte, durfte ihre Mutter auf keinen Fall erfahren, geschweige denn, wie sie ihr Geld verdiente. Dass niemand hinter die Kulissen sehen sollte, war ihr Leitmotiv im Leben. Selbstverständlich erfuhren die Männer gar nichts über sie, weder ihren Namen noch ihr Alter. Dank ihrer blühenden Fantasie dachte sich Vera ständig neue Konstellationen aus, auch zu ihrer eigenen Unterhaltung. Mitunter waren die Geschichten lustig, manchmal traurig. Es kam sogar vor, dass Vera selbst ihre erfundenen Erzählungen glaubte. Hinter ihren Lügen fühlte sie sich manchmal wie ein Geist, als schwebte sie verschwommen über allen Dingen. Vera redete sich ein, dass es ein sozialer Beruf war, den sie ausübte. Sie verschaffte einsamen Menschen einen angenehmen Abend. Über Männer, die viel Macht besaßen, hatte sie einiges gelernt. Der Agentur erzählte sie, dass sie Politik studierte. Sie trug Kleider, die die Farben ihrer Augen unterstrichen. Meistens ging sie nur mit ihnen essen. Wenn die Agentur anrief und sie sich auf den Weg zu einem Kunden machte, stellte sich Vera vor, sie sei mit ihrem Traummann verabredet. Sie wartete in der Lounge des Hotels, der Portier kannte sie inzwischen – und blätterte in einem Nachrichtenmagazin. Das half, ein Gespräch in Gang zu bringen, denn die meisten Männer, die sie traf, redeten gerne über Politik und Wirtschaft. Meistens fingen die Abende mit einem teuren Essen an. Manche Männer glaubten sie ins Bett zu kriegen, indem sie sich ihr anvertrauten. Sie erzählten, wie dünn die Luft ganz oben sei und dass beruflicher Erfolg einsam mache. Manche glaubten alles zu bekommen. Aber echte Gefühle konnte man nicht kaufen. Am liebsten waren ihr die, die ihre Macht untertrieben. Wie der Chef der großen Autofirma, sie fand ihn gleich sympathisch. Als er fragte, ob es jemanden in ihrem Leben gebe, der sie wirklich liebe, wurde ihr ganz schummrig. Sie hatte nach der Hand ihres Gegenübers gegriffen und kein Störgefühl oder Misstrauen empfunden, nur die Wärme der Haut und das unvermittelte Erstaunen darüber, dass hier ein Mensch saß, der sich sein Leben vielleicht auch anders vorgestellt hatte. Und in diesem Augenblick empfand Vera ein Gefühl der Irrealität, als würden ihre eigenen Visionen in Erfüllung gehen, als könnte sie, angefangen bei ihrer Kindheit bis hin zu den Jahren im Studium alles zurechtbiegen, was missglückt war.

Entscheidungen

Bereits am Vormittag hatte es über dreißig Grad im Schatten. Alfons lief zügig voran, er trug den schweren Rucksack. Renate starrte auf die Fersen ihres Mannes, die in neuen Bergschuhen steckten. Unerträglich heiß war ihr. Zumindest stand das Auto im Schatten, sie hatten es am Waldrand geparkt. Der Pfad war staubig und schmal, links und rechts wuchs nur verdorrtes Gestrüpp, es waren die Brombeersträucher, an denen sie immer wieder mit ihrer dünnen Hose hängen blieb. Der Zorn durchfuhr sie und sie fluchte leise. Warum nur hatte sie sich darauf eingelassen? Viel zu spät waren sie von zu Hause losgekommen, ihr Kopf dröhnte und die Wanderung dauerte noch Stunden. Die halbe Nacht hatte sie keinen Schlaf gefunden und dem Schnarchen ihres Mannes zugehört. Sie hatte gegrübelt und zu ergründen versucht, was alles nicht mehr stimmte. In den letzten Wochen war sie sich selbst nicht mehr geheuer. Ihre Stimmung schwankte zwischen Trauer, Wut und Lethargie. Alfons drehte sich zu ihr um. „Ist alles in Ordnung?“, fragte er. „Ja, nur die neuen Schuhe drücken mich“, war ihre

Antwort. Sie biss die Zähne zusammen. Es war verrückt, bei dieser Affenhitze den Berg hinauf zu rennen. Alfons schien das ja nichts auszumachen bei dem Tempo, das er vorgab. Sie würde sich nicht die Blöße geben und auf halben Weg schlappmachen. Seine gute Laune machte sie aggressiv. Am Morgen beim Frühstück, sie konnte es kaum fassen, war plötzlich die Vorstellung da, ihm eine kräftige Ohrfeige zu geben. Sie beneidete ihn. Er war mit sich im Reinen und schien nie aus dem Tritt zu kommen. „Wie lange gehen wir schon?“, fragte sie. Beide hielten inne, Alfons sah auf seine Armbanduhr. „Eine knappe Stunde sind wir unterwegs.“ Renate nahm die Wasserflasche aus dem Rucksack, trank einige Schlucke. Sie fühlte sich schwach und hatte keine Ahnung, wie sie den Weg schaffen sollte. „Die Aussicht über das Tal, ist das nicht außergewöhnlich schön?“, fragte er. „Setzt dir die Hitze gar nicht zu?“, antwortete sie. Es konnte nicht gesund sein, in dieser Gluthitze den Berg hinauf zu rennen. Renate wäre gerne umgekehrt, stattdessen erhöhte sie das Tempo. Gegen zwölf Uhr mittags führte sie der schmale Weg noch steiler bergauf, er war steinig und sie machte noch größere Schritte, um Alfons zu überholen. Sie wollte alles nur noch schnell hinter sich bringen und erinnerte sich an den Marathon, den sie mit Anfang zwanzig gelaufen war. Der Weg wandte sich zwischen knorrigen Ästen und verdorrtem Gestrüpp bergauf. Schließlich erreichten sie einen kleinen Grat. Ihr Kopf fühlte sich heiß an und ihre Hände zitterten. Sie sah nur große schwarze Flecken vor den Augen. Alfons schien unendlich weit entfernt.

Ein paar Stunden später wartete er noch immer auf die Rückmeldung der Ärzte. Er saß auf einem Stuhl am Gang der Intensivstation. Es war stickig und heiß. Die Fenster ließen sich nicht öffnen. Endlich hatte er Nina erreicht. Mindestens zehn Mal hatte er während der letzten Stunden bei ihr angerufen. Einmal hatte es zwei Mal geläutet, dann musste sie den Anruf weggedrückt haben, was ihn in Rage brachte. Aber woher sollte sie auch ahnen, dass die Lage ernst war. Renate hatte eine Hirnblutung. Am Telefon vorhin war Nina verstummt. Sie tat ihm leid, mit sechzehn war sie zwar kein Kind mehr, aber noch weit davon entfernt, sich wie eine Erwachsene zu verhalten. Alfons hatte ihre Angst gespürt, als sich die Nachricht in ihr ausbreitete und durch ihren Körper floss. Es war alles so schnell gegangen. Er hatte gerade erleichtert aufgeatmet, die steilsten Passagen lagen bereits hinter ihnen, als er aus dem

Augenwinkel sah, wie Renate in sich zusammensackte. Sie hatte Glück im Unglück. Ihr Kopf verfehlte nur knapp einen Felsbrocken, schlug aber trotzdem ungebremst auf den harten Boden auf. Der Grat, auf dem sie beide standen, war nicht breit gewesen. Ausgerechnet heute. Nachdem er das Gespräch so lange vor sich hergeschoben hatte. Jetzt musste er die Folgen seiner Feigheit ausbaden. Noch konnte er zurück. Vielleicht war es ein Zeichen, ein Wink des Schicksals? Auf jeden Fall hatte sie es geschafft, ihm einen Strich durch die Rechnung zu machen. Andererseits würde es nie den richtigen Zeitpunkt für eine Trennung geben. Die Zeit dafür war überreif. Für ihn war längst alles klar. Für Renate würde es grausam sein, ob heute, morgen oder nächstes Jahr. Wenn er über sein Leben nachdachte, kam es ihm vor, als sei alles eine Anhäufung von Zufälligkeiten. Er konnte doch die paar Jahre, die er noch hatte, nicht dem Zufall überlassen. Zufällig war er seiner Ehefrau begegnet und dieser Zufall hatte den nächsten bedingt. Dieser Gedanke, dass das Leben keinen Sinn hatte, sondern eine Anhäufung von Zufälligkeiten war, schnürte ihm in manchen Nächten die Gurgel zu, sodass er glaubte, an ihm zu ersticken. Er wollte raus aus dem Geflecht der Zwänge, er wollte frei sein, leben. Seine Frau lag im Bett der

Intensivstation und er konnte nur an Luzia denken. Sogar jetzt wollte er sie mehr als alles andere in der Welt. Es war schlimm. Er war Mitte fünfzig. Er würde so gerne aus dem Geflecht von Verpflichtungen herauskommen, in dem er zappelte wie eine Fliege im Spinnennetz. Seine Liebe war weg. Er liebte eine andere. Renate musste doch gemerkt haben, dass es ihr nicht gut ging. Nie bekam sie den Mund auf. Die Verantwortung hatte sie schon immer gerne auf ihn abgeschoben. Hätte er nur mehr Mut gehabt. Am letzten Wochenende war er knapp davor gewesen, es auszusprechen. Luzia verkörperte Lebendigkeit und Leidenschaft. Alles in ihm wollte nur zu ihr. Sie war eine unabhängige Frau, die keine Ansprüche stellte, weil sie selbst ihre Freiheit brauchte. Letztendlich waren es Renates Worte – „Eine Generalprobe im Leben gibt es nicht“ – die Alfons die Erlaubnis erteilten, sie zu verlassen. Als er ging, spürte er kein Mitgefühl, nur Schuld und eine brennende Sehnsucht nach dem Leben. Renate hatte eine Erklärung für den Traum im Krankenhaus, der sich Nacht für Nacht wiederholte. Sie träumte von einem kleinen Singvogel, der im Käfig saß. Durch die Herbstluft klangen die Schreie der Kraniche, es war der Ruf nach dem Süden. Der kleine Vogel sah in der Ferne auf die hellen Berge, durch die Gitterstäbe, dahinter lag der Süden. Nur einmal bin ich dorthin geflogen, dachte der Vogel, meine Sehnsucht ist so groß. An einem sonnigen klaren Herbsttag war die Tür des Käfigs geöffnet, der Vogel huschte ins Freie, zitterte, flatterte und flog in Richtung Süden, hinter die Berge.

Abwärts

Das große Gebäude, in dem die Podiumsdiskussion stattfinden sollte, war schon von weitem zu sehen. Auf den Straßen herrschte reger Betrieb. Alfons war in einen Stau geraten, er war spät dran und der Parkplatz war überfüllt. Also musste er auf der Straße parken, er fluchte. Die Veranstaltung sollte im Fernsehen live übertragen werden, er würde – wie immer – frei sprechen. Er parkte ein, sah auf die Uhr, fluchte erneut und rannte über die Straße zum Eingang des Gebäudes. Die Geschäftigkeit im Erdgeschoss bekam Alfons nur undeutlich mit, es blieb keine Zeit, um auf den Lift zu warten, er nahm die Treppe, gleich zwei Stufen auf einmal. Er fühlte sich verschwitzt und unterzuckert, als er im dritten Stockwerk ankam. Ein leichter Schwindel bemächtigte sich seiner, als er den Saal betrat. Er hörte die Stimme der Moderatorin, die sein baldiges Erscheinen ankündigte. Alfons spürte, ohne direkt in den Raum zu blicken, dass er voller Menschen war. Er stieg die Stufen zum Podium hinauf, die Moderatorin begrüßte ihn mit Handschlag, er nickte seinem Sitznachbarn zu, einem Experten für Virologie, und dem Politiker einer anderen Partei, der ihm gegenüber saß. Die Moderatorin wirkte erleichtert. Mindestens achthundert Menschen seien heute vor Ort versammelt und glücklicherweise könne nun mit etwas Verspätung die Diskussion eröffnet werden. Als ihre mikrofonverstärkte Stimme zum Ende kam, klatschten die Leute im Saal. Die Atmosphäre wirkte kühl. Gleich würde er seine einleitenden Worte sprechen. „Ich sitze hier als ein Mann, dem seine Familie am Herzen liegt, dem sein Land am Herzen liegt." Plötzlich war er in Gedanken bei Renate und er fühlte sich ganz ungelenk. Er spürte eine schwere Last auf seinem Körper. Er fragte sich, ob Luzia tatsächlich existierte. Sein Dasein erschien geradezu surreal. In den letzten Monaten lebte er in zunehmender Angst und Verwirrung. Angst stößt die Leute ab. Er verscheuchte die Gedanken. Er änderte die Position seiner Beine. Ein prickelndes Gefühl durchzog seine Zehen, begleitet von intensiver Unruhe, während seine Beine sich extrem schwer anfühlten. Auf einmal schien ihm sein Verhalten diesen Menschen gegenüber schäbig. Er war nicht der, für den sie ihn hielten. Er war kein souveräner Mann, der wusste, was er tat. Beim Blick in den Saal meinte er, eine Menschenansammlung zu erkennen, die einer öffentlichen Hinrichtung beiwohnte. Er senkte seinen Blick und betrachtete seine Schuhe. Eine gespannte Stille lag über den Zuschauern. Er hob den Blick wieder. Die Moderatorin hatte ihm eine Frage gestellt und wartete auf seine Antwort. Er sah, wie sich ihre Lippen bewegten, hörte aber nichts, als wäre er durch eine unsichtbare Wand getrennt. Obwohl er ansetzte, verließ ihn die Sprache und kein Laut kam aus seinem Mund. In ihm war nichts. Gar nichts. Vielleicht hatte er einen Schlaganfall. Er hob einen Arm. Er konnte sich bewegen und ließ den Arm wieder sinken. Das Gesicht der Moderatorin war so angespannt, dass er nicht hinschauen konnte. Es genügte, dass er sprach, wie er es immer tat. Aber er konnte es nicht. Sie warteten alle. Er legte einen Arm um die Stuhllehne, um Halt zu finden. Mit stiller Erbarmungslosigkeit rückte sein Untergang unaufhaltsam heran. Vorneübergebeugt wurde er von einem plötzlichen Krampf, einer Kolik erfasst und seine Worte wurden mehr herausgepresst, als dass er sie sprach. „Ich will nicht mehr." Er glaubte, die Moderatorin nach Luft schnappen zu hören und reflexartig streckte er seine Hände vor sein Gesicht, als müsste er sich vor einem Angriff schützen. Das, was er auf dem Gesicht der Moderatorin sah, war Angst. Er merkte, wie Tränen in seine Augen stiegen und seine Sicht verschleierten. Er versteckte sein Gesicht nicht. Seine Schultern zuckten, als er weinte. Letztendlich griff die Moderatorin nach seinem Arm, stütze ihn und half ihm die Stufen hinunter.

In Renates Wohnzimmer war es verblüffend unaufgeräumt. Dass die Tischplatte völlig unter Büchern und Papieren begraben war, entsprach gar nicht ihrer Art, passte jedoch zu ihrer Verfassung. Seit Monaten herrschten in ihr anarchistische Zustände. An guten Tagen fühlte es sich wie ein buntes Durcheinander an und an den schlechten Tagen wie eine zähe Masse, die sich aufs Geratewohl und ohne Plan den Weg bahnte. Jetzt befand sie sich in einem Schockzustand. Nie und nimmer hätte sie bei so etwas zugegen sein wollen. Alfons weinte in aller Öffentlichkeit vor laufenden Fernsehkameras. Er sah überrascht aus, wie ein Kind. Sie musste Kraft und Stärke aufbringen, um den Blick aus Taktgefühl nicht abzuwenden. Zeit ihres Lebens würde sie nicht vergessen, wie die Tränen aus seinen Augen strömten. Sie glaubte, ein seltsames Lächeln in Alfons‘ Gesicht zu sehen. Er schien ihr zuzulächeln und unvermittelt begann etwas Liebevolles in ihr zu schwingen. Wenn er sich vor den Blicken aller so entblößt hatte, würde er vor Scham sterben wollen. Sie empfand Angst bei dem

Gedanken. Am liebsten würde sie Alfons ihre Hand auf seine Schulter legen und sagen: „Mach dir keine Sorgen. Es ist nicht wichtig. Das Leben geht weiter.“ Und in ihrer Vorstellung saß ihr Alfons gegenüber mit den Händen im Schoß. Sie hörte ihn sagen: „Ich glaube nicht, dass ich weiter Politiker sein kann. Irgendetwas stimmt nicht mit mir.“ Sie würde sagen: „Du bist erschöpft. Und das ist keine Schande.“ „Nein?“ „Nein.“ Dann würden sie sich beide ansehen und Alfons würde sagen. „Danke. Ach, Renate, du hast doch auch eine schreckliche Zeit hinter dir.“ Und dann würde sie ihm ein Taschentuch reichen und er würde sich damit über sein Gesicht fahren. Sie würde lächeln und sagen „Lass uns doch die Stellung halten, so gut wir eben können. Lass uns doch den widerstreitenden Kräften, die an uns ziehen und zerren, gemeinsam standhalten.“

Palliative Therapie

Luzia sitzt auf einem in die Jahre gekommenen Holzstuhl. Daneben befindet sich ein Tisch, an den grau gestrichenen Wänden hängen keine Bilder. Ihre Hände sind im Schoß gefaltet und sie blickt durch das vergitterte Fenster. Sie sieht zu, wie das Gelb am Horizont allmählich verschwindet. Bevor die Sonne ganz untergegangen ist, flammt am Himmel ein Licht auf, überzieht die Wolkendecke mit einem tiefen, strahlenden Rosa-Violett. Immer strebte sie nach Wohlstand, Reichtum und nach einem Leben ohne Pflichten. Schon als Kind sah sie sich in ihren Träumen durch parkähnliche Gärten flanieren. Und ausgerechnet hier spürt sie die innere Gewissheit, endlich angekommen zu sein. Seit über einem Jahr sitzt sie in Untersuchungshaft. Täglich übt sich Luzia in Erwartungsfreiheit. Sie möchte rein sein wie ein weißes Blatt Papier. Aber auch wenn sie den kargen Raum, den sie zum Hofgang, Duschen und Besuchsempfang verlässt, täglich neu betrachtet, kennt sie ihre Zukunft. Sie ahnt, was kommen wird. In den letzten Wochen hat sie viele Stunden mit Herrn Dr. Berg gesprochen. Er ist der forensische

Gutachter, der sich ihr gegenüber zunächst distanziert und kühl verhielt, schließlich aber doch aufgetaut ist. Luzia weiß, der Richter wird die Sicherungsverwahrung verhängen. Jede Nacht träumt sie davon. Für sie ist das kein Albtraum, das Gefängnis ist nur eine andere Art von Kloster. Die erste Stunde ihres Tages verbringt Luzia in Besinnung. Seitdem sie im Gefängnis sitzt, meditiert sie und liest Augustinus. Während des Hofganges spricht sie mit einer Mitgefangenen, mit der sie Freundschaft geschlossen hat. Über ihre Taten sprechen sie nicht. Die Erinnerung an ihre Patienten scheint weit weg und der Gedanke an sie füllt ihr den Kopf wie dunkler Schlamm. Nach dem Durcheinander ihrer jungen Erwachsenenjahre hatte Luzia endlich herausgefunden, was ihre Aufgabe in ihrem Leben war. Sie erinnert sich an Sophie, die zum Sterben noch viel zu jung gewesen war. Sie war zwanzig Jahre alt und hatte einen Hirntumor. Die Verwandten rechneten mit ihrem Tod, nur keiner wusste, wann es so weit sein würde. Für Luzias Arbeit und die gute Betreuung auf der Palliativstation waren die Angehörigen dankbar. Luzia konnte die Existenz Gottes im Krankenzimmer spüren. Alles fühlte sich wahrhaftig an. Einmal kam es vor, dass eine Patientin unverschämt wurde. Sie sagte schauerliche Dinge. Als sie eingeschlafen war, setzte sich Luzia an ihr Bett und sah zum Fenster hinaus. Es war Spätsommer und die Sonne flutete den Raum. Luzia tupfte mit einem Tuch über die Stirn und den Haaransatz der Patientin. Eine Amsel, die auf einem Baum im Garten der Klinik saß, sang. Als die Patientin ihre Augen öffnete und sagte: „Verschwinden Sie endlich aus meinem Leben“, traf Luzia die Entscheidung, ihr Leiden zu beenden.

Anna blieb viel Zeit zum Denken. In zahlreichen schlaflosen Nächten blickte sie zurück auf ihr Leben. Mit dem frühen Tod der Mutter ging der Tod ihrer Kindheit und Familie einher. Erst Jahrzehnte später waren zögerliche Hoffnungen in ihr geweckt worden, irgendwann selbst eine eigene Familie zu haben. Allerdings war es ein weiter Weg von den unscharfen Begierden des Herzens zu den Bedingungen der physischen Welt. Nichts ist jemals so, wie man es sich vorstellt. Anna hatte ihre Schwester immer bewundert. Sie war ihr großes Vorbild. Sie war schlau und wusste, was zu tun war. Seit einem Jahr besuchte Anna ihre Schwester zwei Mal in der Woche im Gefängnis. Bei der Verabschiedung hatte sie jedes Mal das Gefühl, dem Tod zu entkommen. Wenn sich das Tor der

Anstalt öffnete, sog sie sehnsuchtsvoll jeden Sonnenstrahl in sich auf. Der Gedanke an das Unglück ihrer Schwester hinter diesen Mauern überwältigte sie jedes Mal. Sie fühlte sich schuldig, denn sie war es gewesen, die Anzeige bei der Polizei erstattet hatte. Manchmal stellte sie sich vor, wie Luzia Spritzen aufzog und Blut abnahm. Sie sah sie lächeln, sich zu den geschwächten Patienten hinunterbeugen und die Hand eines Menschen halten. Jede ihrer Bewegungen war kompetent und bestimmt. Luzia hatte ihr von ihrer Liebe zu den Menschen erzählt, die sie behandelte und dass es etwas sehr Vertrauliches sei, jemanden über die Schwelle des Todes zu begleiten. Nach ihrer Verhaftung hatte sich Anna immer wieder gefragt, warum Luzia ihr alles erzählt hatte. Aber sie wusste ja nur zu gut, wie es sich anfühlte, mit keiner Menschenseele sprechen zu können und dass es einen in den Wahnsinn treiben konnte.

Getrennte Welten

„Wusstest du nicht, dass Jona todunglücklich war? Er wollte nie ins Internat.“ Katharinas Worte waren grausam und fühlten sich so an, als hätte sie ihm ein Messer in die Brust gesteckt. Doch. Peter hatte es gewusst. „Ich dachte, es sei das Beste für uns alle.“

Sie erinnerte sich, wie sie Jona im Internat besuchten und er gute Gründe hatte, die er flehend vorbrachte, warum er nicht dortbleiben könne. Warum hatte sie nicht darauf gedrängt, dass sie ihn wieder mit nach Hause nahmen? Weil ihr Mann der Meinung war, dass Jona sich zusammenreißen sollte. Er müsse lernen, seine Probleme selbst zu lösen und bei Schwierigkeiten nicht gleich aufzugeben. Katharina erinnerte sich, wie oft sie sich als Kind elend gefühlt und nichts gesagt hatte, nur um es ihren Eltern recht zu machen.

Im Sommer wurde ein Termin für einen Besuch im Internat vereinbart. Der Tag der Besichtigung war prachtvoll, keine Wolke war am leuchtend blauen Himmel zu sehen. Sie folgten der Auffahrt, der Weg machte eine Biegung und vor ihnen erhob sich neben einem Pförtnerhäuschen ein hohes, schmiedeeisernes Tor, dessen Flügel weit geöffnet waren. Sie parkten das Auto auf dem Besucherparkplatz, und als sie ausstiegen, verriet eine flüchtige Bewegung eine Eidechse, die sich auf einer Mauer in der Sonne gewärmt hatte. Niemand sprach ein Wort. Jona wollte seiner Mutter etwas Aufheiterndes sagen, doch er konnte nur an die bevorstehende Trennung denken. Es war seine Aufgabe, sie vor Kummer zu beschützen. Jona ergriff die Hand seiner Mutter. Er wusste, dass er sein Zuhause verlieren würde und konnte es doch nicht begreifen. Wie war es möglich, dass man Gewissheit über etwas hatte, das man wegschob und verleugnete, um bei Eintritt des Ereignisses vor Schock vollkommen zu erstarren? Die Familie wartete in einem großen Empfangsraum, in dem ein großer, spiegelblank polierter Tisch stand. Sie warteten darauf, dass die Direktorin eintrat und sich vorstellte. Dann setzten sie sich, sein Vater stellte die Fragen. Die Äußerungen der Direktorin waren an den Vater gerichtet. Seine Mutter blieb still und folgte dem Gespräch, als wäre auch sie eine künftige Schülerin. Jona hatte den Kopf gesenkt und hörte nicht zu. Nach dem Gespräch begaben sie sich auf Besichtigungstour. Sie inspizierten die Unterrichtsräume und Schlafsäle, in denen Reihen von Metallstockbetten standen. Auf der Rückfahrt fragte seine Mutter ihn, ob ihm die Schule gefallen habe. Jona nickte. Er antwortete nicht, denn eine Art Furcht und ein Schwächegefühl überkamen ihn. Er zwang sich zu einem Lächeln, und es machte ihn froh, die Erleichterung im Gesicht seiner Mutter zu sehen.

Zwei Wochen nach seinem zehnten Geburtstag brachten ihn seine Eltern ins Internat. Die Umarmung seiner Mutter ließ er über sich ergehen. Als er sich nach dem Abschied noch einmal zu ihnen umdrehte, sah er, wie der Vater den Arm um die zuckenden Schultern der Mutter legte.

Sein Vater hatte ihm geraten, Gitarrenunterricht zu nehmen, denn wer Gitarre spielt, ist beliebt. Sobald man ein bekanntes Lied anstimmt, scharen sich alle um einen und singen mit. Jona spielte in jeder freien Minute Gitarre und wartete im Reich des Irrealen darauf, dass ihm eine Hand gereicht wurde, die ihn rettete. Er wünschte sich, die Zeit zurückzudrehen. Dass die Kindheit für ihn kein Himmelreich gewesen war, verdrängte er. Ernste Familienprobleme, die Einfluss auf ihn ausübten und ihn nachhaltig prägten, waren immer vorhanden gewesen. Die Melancholie seiner Mutter war er gewohnt. Sie äußerte sich in ihrem verhaltenen Tonfall und ihrer Art, eine Tätigkeit zu unterbrechen, um in die Ferne zu blicken. Mitunter kam es vor, dass seine Mutter zornig wurde. Nach einem plötzlichen Wutausbruch wurden ihre Worte sanft und sie entschuldigte sich unter vielen Tränen. Jona brauchte und beschützte seine Mutter. Sein Vater fand, er hänge viel zu sehr an Katharina. Beim Spazierengehen hielt sein Sohn sie beharrlich an der Hand. Dass Jona mit ihr in einem Bett schlief, wenn er auf Geschäftsreisen war, ärgerte ihn. Ständig machte seine Frau sich Sorgen um das Kind. Er wusste, dass Katharina sich nichts sehnlicher wünschte, als dass Jona bei ihr bleiben konnte. Selbstverständlich liebte Peter seinen Sohn, aber seiner Ehe hatte er immer im Weg gestanden. Abgesehen davon war ein Internat der geeignete Ort, an dem sich das Kind frei entfalten würde. Ein Gewinn für alle. In der ersten Zeit nach der Trennung fühlten sich Jona und Katharina, als wären sie von einem vergessenen Ort in diese vollendeten Tatsachen hineinversetzt worden. Selbst gewählt hatten sie davon nichts.

Nachdem Peter die Türe hinter sich zugeknallt hat, verlässt Katharina das Wohnzimmer, steigt die Treppe hinauf und betritt das Schlafzimmer. Sie zieht die Vorhänge zu, legt sich vollständig bekleidet ins Bett und zieht sich die Decke über den Kopf. Sie muss schlafen, wenigstens eine halbe Stunde. Der Streit ist vorbei. Alle Geräusche von außen sind weg, aber die im Inneren nehmen sie gefangen, ihr Puls rast. Ihr dämmert, dass sie Gefallen daran findet, dass zwischen ihrem Mann und ihr alles bleibt, wie es ist. Innerlich hat sie schon lange zugemacht. Seitdem sie von Vera weiß, hat sie genug Gründe, ihm die kalte Schulter zu zeigen. Doch sie kann nicht leugnen, dass sie gar kein Interesse daran hat, die Beziehung zu Peter zu verbessern. Sie will sich keine zusätzlichen Verpflichtungen in Form von körperlicher Nähe aufbürden. Manchmal denkt sie, dass sie aus Gewohnheit schlecht gelaunt ist, damit er sie in Ruhe lässt. Wobei von Ruhe wegen ihrer Schuldgefühle ja nun wirklich nicht die Rede sein kann. Sofort nach einem Streit will sie die Fehler wieder gutmachen. Schon hat Katharina den Entschluss gefasst, freundlicher zu sein und auf ihn zuzugehen, wenn er wieder auftaucht. Vielleicht wird sie sich bei ihm entschuldigen und ihn bitten, ihr zu verzeihen. Doch davor scheut sie sich. Im Nachgang wird sie sich nicht besser fühlen. Wofür soll sie sich entschuldigen? Eigentlich sucht sie immer nach Rechtfertigungen für ihr eigenes Verhalten. Wenn er ihr gegenüber freundlich und fürsorglich ist, macht sie das unsicher. Aber sie freut sich darüber. Gestern, als er seinen Arm um ihre Schultern legte, verkniff sie sich eine Bemerkung, die sie gerne losgeworden wäre. Sie wollte einem entspannten Abend nicht im Weg stehen. Vorhin saßen sie am Esstisch. Peter sieht ihr in die Augen. Er will wissen, wie es weitergehen soll. Sie stellt fest, dass er gealtert ist. Sein Haar ist ergraut, die dunklen Ringe um die Augen treten stärker hervor als früher. Einen Augenblick spürt sie die schwache Sehnsucht, mit ihrer Hand die Spuren seines Kummers zu beseitigen. Seine Augen scheinen ihr matt und trüb, glücklich sieht er nicht gerade aus. Peter sitzt auf seinem Stuhl am Tisch, die Hände in den Hosentaschen, seine Schultern hochgezogen. Katharinas Gedanken verschwimmen und sie spürt einen dumpfen Schmerz im Kopf. Sie antwortet freundlich. Alles sei gesagt, es gebe nichts hinzuzufügen.

Jonas Kinderzimmer ist seit Jahren unbewohnt. Unverändert. Die Tür ist abgeschlossen. Katharina schließt die Augen. Plötzlich erscheint es ihr unfassbar, dass sie erst zweiundvierzig Jahre alt ist, so uralt fühlt sie sich. Seit Jahren steht ihr Leben still. Manchmal zweifelt sie an ihrem Daseinszweck. Sie horcht in sich hinein, nach den

Wünschen ihrer Seele, Antworten hört sie keine. Sie kennt nur ihren Groll und ihre Sehnsucht nach Liebe. Wahrscheinlich tut sie Peter unrecht. Sie beneidet ihn um seinen Lebenswillen.

Er nimmt an, dass ihr etwas an der Art, wie er lebt, nicht gefällt. Manchmal scheint sie seine Nähe zu suchen. Aber die meiste Zeit schüttelt sie den Kopf, wenn er mit ihr am Tisch sitzt und isst oder sich schnäuzt. Er spürt es schon lange. Er hat nicht die leiseste Ahnung, was er falsch macht. Wenn sie zusammen im Raum sind, fühlt er sich so, als befinde er sich in einer Gesellschaft, deren Regeln ihm nicht geläufig sind. Seit langem glaubt er, unter ihrer Herzlichkeit eine leise Gereiztheit zu spüren. Selbst harmlose Floskeln sind verfänglich und reichen, um den gewohnten Abstand wieder herzustellen. Wenn er Katharinas Blick sucht, schaut sie ihn unter zusammengezogenen Brauen an und manchmal gelingt es ihr, ihn zu einem unvorsichtigen Kommentar herausfordern. Meistens weiß er nicht, was er sagen soll. Er hat es satt, sich ständig vor ihr rechtfertigen zu müssen. Katharina lässt ihn oft genug spüren, dass ihr sein Leben gegen den Strich geht. Sie ist der Meinung, dass sie das Leben besser verstanden hat, aber die Wahrheit ist, dass ihre Erfahrungen sich nicht decken. Manchmal fragt er sich, warum er überhaupt noch den Mund aufmacht. Alles, was er sagt, ist falsch. Früher, am Beginn ihrer Beziehung, besaß sie dieses kaum zu stoppende Mitteilungsbedürfnis. Jetzt ist es sinnlos, wenn sie reden. Vorhin ist ihm der Kragen geplatzt, er hat geschrien und dann ist er abgehauen. Aber nur, weil ihm nichts mehr einfiel auf ihr verächtliches Schweigen, und das hat ihn dermaßen auf die Palme gebracht. Jetzt kann sie wieder die ganze Schuld auf ihn abschieben und muss keine eigene Verantwortung übernehmen. Sie hat immer das letzte Wort. Er wollte immer, dass es ihr gut geht. Trotzdem hat sie sich komplett in sich zurückgezogen. Er schämt sich, seit sie von Vera weiß. Das, was er tut, ist nicht schlecht. Er hat eben das Bedürfnis nach Sexualität. Das ist auch nichts anderes als Essen oder Schlafen. Er kann doch seine Frau nicht dazu zwingen, ihn zu begehren. Vielleicht war Katharinas brennender Kinderwunsch ihr inneres Motiv, das sie dazu bewogen hat, mit ihm zusammenzubleiben. Es gab schon vor Jona eine Zeit, in der sie sich distanziert verhielt, nur war ihm nicht klar, dass das etwas mit ihm zu tun haben könnte. Er hat das zunächst nur unterschwellig wahrgenommen. Hätte er Vera damals schon gekannt, wäre er hellhörig geworden.

Dann hätte er Katharina darauf angesprochen. Für wen spielen sie Theater und tun noch immer so, als wären sie ein Ehepaar? Das Unausgesprochene kettet sie aneinander. Nach Jonas Tod wäre es gut gewesen, sich einzugestehen, dass sie einander nicht helfen können. Peter wollte Katharina näher kommen und versuchte es auf seine Weise. Jetzt kommt es ihm peinlich vor, wie er sich geradezu verzweifelt bemühte, ihr Begehren zu wecken. Von vornherein war es zum Scheitern verurteilt. Katharina machte ihm Vorwürfe, wie er nach dem, was geschehen war, an Sex denken könnte. In ihrem Kopf ging das nicht zusammen, als wäre es ein ungeschriebenes Gesetz, keinen Sex haben zu dürfen, wenn man trauert. Seit vier Jahren trifft Peter sich mit Vera. Er bezahlt sie. Sie ist klug, sie unterhalten sich. Natürlich haben sie alles miteinander gemacht, was man sich vorstellen kann. Sie ist ein Mensch, den er in seinem Leben nicht mehr missen will. Schließlich hat Vera sein Leben gerettet.

Neue Wege

Was sich an diesem Nachmittag im Besuchsraum des Gefängnisses ereignete, blieb für Anna lange Zeit eine düstere Verdichtung von wirren Empfindungen, Erinnerungen und Bildern. Sie fühlte sich vom Schicksal gezeichnet. Ihre Welt kam ihr verrückt und dunkel vor. Sie vergrub den Kopf zwischen ihren Händen und wünschte, sie könnte alle Erinnerungen und jeden einzelnen Gedanken an Luzia für immer loswerden. Ihre Zwillingsschwester war der Mensch, den sie am meisten liebte. Luzia war ein Teil der Einheit, die im Mutterleib begonnen hatte und mit der sie bis jetzt durch einen unsichtbaren Faden verknüpft gewesen war. Anna war davon ausgegangen, dass nur der Tod sie voneinander trennen würde. Streng genommen war es auch der Tod, der die Beziehung schied. Hätte sie sich doch auf all das besser vorbereiten können. Nur wie konnte man sich darauf vorbereiten zu erfahren, dass die eigene Schwester als Kind die Mutter vorsätzlich getötet hat? Der Gedanke an Luzia verursachte einen derartigen Widerwillen in Anna, dass ihr übel wurde. In ihrem Mund spürte sie einen beißenden, salzigen Geschmack, den sie nicht loswurde und in ihrem Bauchraum lag ein schwerer Klumpen. Sie sammelte Speichel, beugte den Kopf vor und spuckte ins Waschbecken, spülte ihren Mund mehrmals mit Wasser und trank ein paar Gläser Fruchtsaft. Der Geschmack blieb.

Anna hatte keine Ahnung, was zu tun sei. Sie betrachtete den Nussbaum, der mittlerweile kahl im Garten stand. Alles war irreal, verzerrt. Als sie an diesem Nachmittag im Besuchsraum Platz genommen hatte, war ihr aufgefallen, wie fahl Luzia aussah. Ihre Augen wirkten matt und leblos, das Schwarz war schwach und glänzte nicht. „Ich hab sie getötet.“ Diesen Satz würde Anna nie mehr vergessen. „Ich weiß. Du hast mir doch erzählt, dass sie todkrank waren.“ „Nicht die Patienten.“ „Sondern?“ „Unsere Mutter.“ Luzias Stimme klang sachlich und sie sagte es wie nebenher.

Annas Leben änderte sich schlagartig, als sie erfuhr, was Luzia getan hatte. Sie glitt vollkommen ab, in die Welt ihrer Vergangenheit. Als Achtjährige hatte sie sich nach dem Tod der Mutter abends in den Schlaf geweint. Nie wieder würde ihre Mutter zur Tür hereinkommen und sie in den Arm nehmen. Die Tage zogen sich und nichts änderte sich. Glücklicherweise nahm Luzia sie wie eine heißgeliebte Freundin an der Hand. Die Sommertage verbrachten die Kinder oft im Wald. An regnerischen Tagen erfand Luzia neue Spiele und zog Anna hinein in imaginäre Welten. Sie bestanden Mutproben, lösten Rätsel und zeichneten Landkarten ferner Orte, an denen sich die Geschwister heimischer fühlten als in ihrem Zuhause. Angesichts der Sorgen und Probleme, vor die die reale Welt die Kinder stellte, war es selbstverständlich, dass sie ihr so oft es ging entsagten. Nach dem Tod der Mutter wollte Anna nicht mehr in die Schule gehen. Es fiel ihr nicht nur äußerst schwer, morgens aus dem Bett zu kommen und sich anzuziehen, sondern die endlosen Stunden, in denen es ihr trotz erheblicher Anstrengungen einfach nicht gelingen wollte, etwas vom Unterricht zu erfassen, verstärkten ihre Überzeugung, dass sie unzulänglich war. Stumm saß sie da. Sie starrte auf das Blatt Papier, das vor ihr lag und verlor sich in den Buchstaben. Manchmal geschah es, dass sie hineingezogen wurde in die Druckerschwärze, anfangs wehrte sie sich noch dagegen, dann lies sie los. Es fühlte sich unangenehm, beinahe schmerzhaft an. Als würde sie durch eine enge Haut gezogen. Aber dann, ganz plötzlich spürte sie die Anwesenheit der Mutter, die ihre Hand um Annas Hinterkopf wölbte. Das

Kribbeln, das sie spürte, tief in ihrem Kopf, war wunderschön. Wenn die Lehrerin Anna ansprach, verschwand die warme Hand der Mutter und ihr Kopf fühlte sich so verlassen, wie er sich zuvor froh gefühlt hatte. Seit dem tragischen Tod der Mutter spürte die Klassenlehrerin beim Anblick der Zwillinge ein Unbehagen. Manchmal überkamen sie unerklärliche Schauer, wenn sie ihren Gedanken nachhing, in denen sie zu ergründen versuchte, weshalb die beiden Kinder den Verlust der Mutter auf so unterschiedliche Weise verarbeiteten. Es war ihr unheimlich, dass Luzia vor Vitalität und Lebensfreude nur so strotzte. Luzia genoss ein hohes Ansehen in der Klasse, war Sprecherin der Schule und beliebt bei allen Lehrern. Anna hingegen wirkte erstarrt, gelähmt und handlungsunfähig. Nie war sie bei der Sache und wenn sie etwas gefragt wurde, schreckte sie auf. Sie trieb im Nirgendwo. Die Klassenlehrerin hatte Mitleid mit dem Kind. Auch ihre Kollegen hatten Verständnis für Anna, aber irgendwann kam der Zeitpunkt, an dem auch die mitfühlendsten Lehrer ungeduldig wurden. Denn in der Schule lief das Leben weiter. Anna stotterte und wurde rot, wenn sie sich erklären sollte. Nur Luzias Phantasie und sozialer Kompetenz hatte Anna es zu verdanken, dass sie keine Klasse wiederholen musste. Anna war ohne Luzia ein Nichts und sie fragte sich, was wohl aus ihr geworden wäre, hätte sie ihr nicht immer aus der Patsche geholfen. Dank Luzias besonderer Gabe, sich Geschichten auszudenken und Erklärungen für Annas Defizite und Versäumnisse zu finden, durfte Anna die Klausuren im Zimmer des Rektors schreiben. Dieser saß an seinem Schreibtisch, vertieft in seine Arbeit und bemerkte nicht, dass es nicht Anna war, die ihre Prüfungsaufgaben löste. Selbstverständlich war ihr klar, dass die Reden ihrer Schwester häufig nichtig waren, und trotzdem glaubte ein Teil von Anna jedes Wort. Luzia lebte das, was sie ihr einmal zugeflüstert hatte: „Jeder ist der Autor seines Lebens. Du musst nur an dich glauben." Allerdings schien Anna mit zunehmendem Lebensalter – ja, es ging ihr auf – dass es zwei Luzias gab. Die eine war voller Tatkraft und Elan, ein starker Charakter. Luzia war die Chefin, setzte Regeln und bestimmte. Sie ließ Anna nie im Stich. Die andere Luzia konnte voller Kälte sein. In solchen Augenblicken hatte sie keine Zärtlichkeit für Anna übrig, was sie unglücklich machte. Sie litt darunter und die Tage erschienen endlos – ein einziges ödes Warten, dass Luzia sich ihr wieder zuwandte. Andere Menschen hätten etwas unternommen. Andere wären spazieren gegangen oder hätten ein Buch gelesen. Anna saß untätig zuhause. Sie blätterte in Zeitungen und es deprimierte sie von Krieg und Leid zu lesen, dem fortschreitenden Klimawandel, den die Menschheit zu verantworten hatte. Es waren Menschen wie sie. Sie wartete, hoffte auf bessere Zeiten und fühlte sich unfähig irgendetwas mit sich anzufangen. „Du warst noch nie zu irgendetwas nütze“, hatte Luzia im Streit zu ihr gesagt. Am frühen Abend jenes Tages, an dem Anna das letzte Mal die Vollzugsanstalt betreten hatte, saß sie auf der Treppe, die in den Garten führte. Eine Böe fuhr durch die Tannen und riss ein paar Zweige, die sich darin verfangen hatten, los um sie über die Wiese fast bis zu Anna vor sich herzutreiben. Später saß sie reglos auf der Couch. Die Hündin kam und bohrte ihre Schnauze unter Annas Knie. Sie strich ihr über ihr Fell am Rücken und Trixi legte sich vor ihre Füße.

Ein paar Wochen später, an einem Sonntag im Juni, kurz vor Mittag, setzte sich Anna ins Auto und fuhr in ihre fast zehn Stunden entfernte Heimatstadt. Langsam wurde es Sommer, trotzdem war es viel zu kalt für diese Jahreszeit. Der Anblick dieses strahlend blauen Himmels war bestechend, auf Anna machte er den größten Eindruck. In ihrem Leben war so viel nicht mehr vereinbar. Zeit ihres Lebens hatte sie es selbstverständlich gefunden, ihre Schwester zum Reden zu haben, selbst in den Monaten, in denen sie Luzia im Gefängnis besuchte. Jetzt hatte sie niemanden mehr. Luzia hatte gesagt: „Hör zu, ich weiß, dass ich ein Satansbraten war.“ Und Anna hatte geantwortet: „Was meinst du denn?“ Ihre Schwester hatte sie betrachtet und in ihrer Erinnerung erschien ihr Luzias Blick versöhnlich, beinahe liebevoll. Bevor Luzia ihre Beichte ablegte, sagte sie: „Du sollst eben wissen, dass ich es weiß.“

Beim Fahren legte sich eine eigentümliche Ruhe über Anna, was sie erstaunte. Sie hatte keinen Plan und kein konkretes Ziel. Nach der Untätigkeit der vergangenen Wochen hatte sie erstmals den Impuls verspürt, das Haus zu verlassen. Sie wollte irgendetwas etwas tun und unternehmen, jedoch keinesfalls jemanden, den sie kannte, in die Arme laufen und in ein Gespräch verwickelt werden. An manchen Tagen hatte sie sich regelrecht dazu zwingen müssen, das Haus zu verlassen. Überall waren Leute unterwegs, deren Blicken sie auswich. Zum Einkaufen fuhr sie in andere Orte und selbst bei trübem Himmel trug sie eine Sonnenbrille. Der Prozess hatte Aufsehen erregt, in den Nachrichten war ausführlich darüber berichtet worden und

Luzias Foto war in allen Zeitungen gewesen. Beim Anblick ihrer Schwester wurde Anna flau im Magen. Ein bisschen war es wie das Gefühl von damals, als man ihr gesagt hatte, dass ihre Mutter tot war.

Wenn Anna über ihr Leben nachdachte, konnte sie sich an keine Zeit erinnern, in deren Mittelpunkt nicht ihre Zwillingsschwester gestanden hatte. Eine Bitterkeit regte sich in ihr und ihre Augen wurden nass. Ihr war bewusst, dass sie all ihre Energie benötigen würde, um nicht mehr ständig an Luzia zu denken. Es war vorbei, sie hatte keine Schwester mehr. Beim Fahren hielt Anna ihren Blick starr geradeaus gerichtet und plötzlich kam eine Erinnerung an einen strahlenden Tag im Juli ihrer Jugend. Eine leuchtende Welt und es waren Ferien. Es war ein Sonntagnachmittag und das Sonnenlicht glitzerte auf dem Wasser des Badesees. Sie saß mit Luzia in einer Eisdiele, das Sonnenlicht fiel durch das Fenster und legte sich über die Tischplatte. Anna war glücklich bei dem Kaffeeduft in der Luft, dem Geklapper des Geschirrs und ihrem Erdbeereis. Sie dachte, dass Luzia vielleicht auch glücklich war. Sie schwiegen, aßen und blickten durch das Fenster auf den See. Anna fühlte sich wohl, es ging ihr richtig gut. Was könnte es Besseres geben als diesen Moment mit ihrer Schwester. Später schwand die Stimmung, denn Luzias Laune hatte sich verändert. Und Anna glaubte, sie habe das Verblassen der Stimmung verschuldet. So war es ihr oft ergangen.

Allmählich neigte sich der Tag, aber es war noch hell. Anna fuhr über Landstraßen und hörte Musik im Radio. Auf der einen Seite lagen Wiesen, auf der anderen Felder. Sie fuhr an Bauernhöfen vorbei, aber niemand war zu sehen. Unvermittelt schaltete sie das Radio aus. In der plötzlich entstandenen Stille stellte sie mit einem bangen Gefühl fest, dass die Straße, auf der sie fuhr, nicht mehr asphaltiert war. Sie wurde schmaler und führte in ein Waldgebiet hinein. Die Sonne malte kein Muster mehr auf die Straße und der Weg wand sich in engen Kurven dahin, einem schmalen Bachlauf folgend. An manchen Stellen war er nicht mehr breiter als ein Pfad und von Zeit zu Zeit kratzten Äste gegen das Auto. Als eine Bodenwelle gegen den Unterboden scheuerte, bemerkte sie, dass sie nicht mehr umkehren konnte. Sie fuhr langsamer, dann hielt sie an. Trixi, die bis jetzt auf dem Rücksitz gelegen und geschlafen hatte, begann zu winseln. *Ich muss versuchen umzudrehen,* dachte

Anna und steckte den Kopf aus dem Fenster. Es gab keine geeignete Stelle zum Wenden und sie stellte den Motor ab. Sie spürte einen Anflug von Verlassenheit, senkte den Kopf und blickte auf ihre Hände, die in ihrem Schoß lagen. Trixi winselte leise. Sie öffnete die Tür, stieg hastig aus dem Auto und sah sich um. Es war Abend geworden, die Luft war kühl. Anna dachte an Hänsel und Gretel. Sie erinnerte sich daran, dass sie vor langer Zeit einmal gelesen hatte, dass das Märchen über die zwei verirrten Kinder im Wald eine der wenigen Geschichten sein sollte, deren Handlung auf einer wahren Begebenheit beruhte. Trixi sprang aus dem Auto, lief zu ein paar umgestürzten morschen Baumstämmen, schnüffelte, setzte sich, hob den Kopf und blickte sie an. Anna schlug die Tür zu und klemmte dabei ein paar Gräser und einen Wiesenfuchsschwanz ein. „Los, Trixi, wir gehen.“ Sie kämpfte sich durch das Dickicht und begann zu laufen, Trixi folgte ihr. Brombeergestrüpp zerkratzte ihre Beine, ein Ast schlug ihr ins Gesicht und ihr war zum Weinen zumute. Mit einem Mal erstreckte sich ein schmaler Pfad vor ihr, der sich schlängelte und wand. Sie verlangsamte ihr Tempo und beugte ihren Kopf, um einen tiefhängenden Kieferast auszuweichen. Wie verwahrlost alles wirkte, wenn die Natur die Oberhand gewann.

Diesem Wald hatte schon lange niemand mehr Einhalt geboten. Fichten und Tannen standen dicht an dicht, aber auch Buchen, und verkrüppelte Ulmen, die sich dazwischendrängten und deren Äste sich über ihren Kopf wölbten. Fast vollständig hatten Moos und Gräser den Weg überwuchert und die tief herabhängenden Äste der Bäume behinderten das Vorankommen. Mehrmals stolperte Anna über knorrige Wurzeln und fiel hin. Sie stützte sich mit beiden Händen vom Boden ab, um sich aufzurichten. Trixi wich nicht von ihrer Seite. Sie war ihre treue Freundin. Ihre Familie hatte sie verloren. *Das ist die Einsamkeit des Menschen*, dachte Anna. Seltsamerweise war sie gar nicht mehr verzweifelt. Es war die reine Wahrheit. In diesem Augenblick sah sie sich von oben. Unvermittelt tauchte vor ihr wieder der Pfad auf. Sie kletterte über einen umgestürzten Baum und durch einen verschlammten Graben, der durch Regen entstanden war. Ihr schien, als vervielfältigten sich die Bäume, sie rückten näher, dichter an Annas Körper und der Pfad führte sie in eine Art Labyrinth. Manche Bäume hatten glatte Stämme. Sie berührte einen mit der Hand. Sie drang noch tiefer in die Wildnis vor, stapfte durch dunkleres Gehölz, Trixi folgte ihr. Es gab keine freie Stelle. Jetzt zerrte die Wanderung allmählich doch an ihren Nerven. Sie wünschte sich, auf eine Lichtung zu treffen, aber es gab nur den tiefen Wald, sie bewegte sich in dessen Herz. Plötzlich konnte sie auf dem Weg doch etwas Helleres ausmachen und sie sah hinauf in die Bäume und erblickte ein Fleckchen Himmel. Wind kam auf. Es dämmerte, die Sonne schaffte es kaum noch, das Blattwerk zu durchdringen, nur hier und da sah sie ein paar Lichtflecken. Etwas weiter entfernt befand sich eine Gruppe größerer Felsen, von Bäumen überwachsen. Anna trat näher, der graue Stein schimmerte und sie erblickte eine Höhle, deren Eingang von Brennnesseln und wucherndem Gebüsch, das sich in alle Richtungen ausbreitete, versperrt war. Wachposten, aber für Anna waren sie kein Hindernis. Ohne darüber nachzudenken, ging sie weiter. Während Anna im Höhleneingang innehielt und still dastand, spielte ihr das Mondlicht einen Streich. Sie hätte schwören können, dass die Höhle atmete und lebte. Trixi rührte sich nicht von der Stelle, dicht stand sie neben ihr. Die Höhle würde ihre Wohnung sein, mit der sie sich wohl oder übel anfreunden musste. Anna spürte einen Stich in ihrer Brust. Die Vorstellung, dass sie die Nacht an diesem unbekannten Ort verbringen müsste, jagte ihr Angst ein. In den darauffolgenden Minuten drängte allerlei Dunkles in ihr empor. Wirrnisse, Enttäuschungen und nicht verwundene Kindheitsängste hatten bis jetzt unter der Oberfläche gewartet. Sie musste die Triebe, die aus der Dunkelheit aufschossen, herausreißen, wie Unkraut, das aus dem Boden wächst. *Ich muss vergessen.* Bei ihrem nächsten Gedanken, *wie gut, dass Trixi hier ist*, gaben ihre Beine nach und sie fiel zu Boden. Es war, als würde die Luft sie mit einem Gewicht niederdrücken. Sie konnte sich nicht rühren und lag still auf der Erde. Eine Decke aus Blei lag auf ihrem Brustkorb und eine tiefe Verzweiflung tat sich in ihr auf. Trixi, die sich neben sie auf die Erde gelegt hatte, bettete ihre Schnauze auf ihre linke Schulter. Anna fragte sich, ob in dieser Höhle der Wahnsinn lauerte. Ihre Lebensenergie schwand. Sie drehte ihren Kopf und betrachtete die Höhlenwand, die der Mond beleuchtete und auf dem sie ein paar flackernde Schatten zu sehen glaubte. Platons Höhlengleichnis kam ihr in den Sinn und Erinnerungen an längst vergessene Unterrichtsstunden stiegen aus ihrem Unbewussten hoch. Die Vorstellung, dass Menschen in der Schattenwelt Gefangene waren, die das Abbild der Schatten für das wahre Leben hielten, hatte sie als Schülerin fasziniert. Sie schloss die Augen. *Ein Opfer war und bin ich*, ging ihr durch den Kopf. Sie musste eingeschlafen sein. Als sie die Augen öffnete, fühlten sich ihre Augenlider wie mit Sand verklebt an. Trixi, die neben ihr gelegen hatte, sprang mit einem Satz hoch, begann zu knurren, und fletschte ihre Zähne. Auf einmal zerrten in Annas Körper Kräfte in verschiedene Richtungen und etwas unbeschreiblich Mächtiges zog in ihr, als versuchte es ihr Ich zu fassen zu bekommen. Sie nahm es hin, wie ein Naturereignis. Und, so unerwartet, wie alles über sie gekommen war, ebbte der Kampf ab. Last fiel von ihr ab. Anna richtete sich auf, stützte sich mit den Händen ab. Etwas derart Absolutes hatte sie noch nie erlebt.

Maria

Maria stand da mit hängenden Armen und sah ihn hilflos an. Max‘ Gesten hatten etwas Theatralisches. Sie kamen aus tiefster Seele, so wie auch jedes seiner Worte aus tiefster Seele kam. „Ich kann es nicht fassen.“ Maria antwortete nicht. Er befahl ihr, sich hinzusetzen. „Nein! Nicht neben mich.“ Max sagte das nicht, um sie zu bestrafen. Er konnte Maria in seiner Nähe jetzt nicht ertragen. „Ich muss Ruhe bewahren“, sagte er zu sich. Er durfte sich nicht noch mehr hineinsteigern in seine Hysterie, sonst würde er durchdrehen. Maria saß auf ihrem Stuhl ganz vorne. Sie senkte den Blick. Die Schultern hochgezogen, strich sie mit ihren Händen immer wieder über ihre Beine. Sie fror, ihre Lippen waren weiß. Der vernünftige Ton, in dem er sagte: „Erkläre es mir bitte“, führte sie in die Irre. Sie hob den Blick, sah Max ins Gesicht und glaubte einen Atemzug lang mit ihm verbunden zu sein. Eine Empfindung, als säße sie auf einer Schaukel, die sie in sein Leben kippen könnte. Maria machte eine Bewegung nach vorne, hob ihren Arm, um ihn an der Schulter zu berühren. „Fass mich nicht an!“, schrie er. Dann herrschte

Stille. In dieser Nacht schliefen beide schlecht. Maria erwachte einige Stunden vor Tagesanbruch. Sie schlug die Decke zurück und stand auf. Der Wecker zeigte zwanzig nach drei. Trotz der frühen Stunde fühlte sie sich hellwach, merkwürdig klar im Kopf, hochgestimmt und ohne Last. Ohne festen Vorsatz trat sie ans Fenster. Sie bewegte sich gelöst, ganz leicht und mit einem Mal begann sie durch den Raum zu schweben. Vom zweiten Stock blickte sie in die Nacht hinaus und sah die Sterne funkeln. Gewohnt, die eigenen Empfindungen zu beobachten, wunderte sie sich über ihr anhaltendes, alles verzerrendes Hochgefühl und die Vorstellung, dass dies wieder enden würde, betrübte sie. Der Gedanke verflüchtigte sich, als sie das Fenster öffnete und sie hinaus ins Freie schwebte. Die Luft war klar. Sie hörte das Klappern von Absätzen auf dem Pflaster und sah ein junges Paar, das eng zusammen direkt unter ihr vorbeikam. Die zwei hielten sich an den Händen, lachten und hatten erhebliche Probleme, das Gleichgewicht zu halten. Sie schwankten wie ein Schiff bei starkem Seegang. Schließlich bogen sie in eine Seitenstraße, das Lachen ebbte ab. Vereinzelte Schneeflocken fielen vom Himmel. Eine vollkommene Stille legte sich über Maria. Das Dunkel lichtete sich und brachte Klarheit. Ein Bild von Max und ihr tauchte auf.

Eine Vision. Sie sind in seinem Arbeitszimmer. Das Zimmer gleicht einem Museum und man hätte glauben können, man befinde sich im 19. Jahrhundert. Die holzgeschnitzten Vitrinen, der Diwan, Sekretär, Schreibtisch und Kronleuchter stammen aus der Gründerzeit. Maria liebt den düsteren Ernst der Villa, die Max bewohnt, das blank polierte Parkett, den dunkelroten Teppich und die vergoldeten Spiegel. Auf dem Arbeitstisch am Fenster liegen stapelweise Bücher und Papier. Max hält in der rechten Hand ein Messer mit glänzender Klinge. Maria hofft, etwas zu entdecken, was ihr weiterhilft. Aber selbst auf Zehenspitzen kommt sie weder an die Schere im Regal, noch an den Briefbeschwerer. Ein Gefühl wie in einem Traum ist es, still, fast betäubt dem Untergang entgegenzusehen. Sie zweifelt nicht daran, dass Max keine Hemmungen kennt, sie zu töten. Er macht einen Schritt auf sie zu, holt mit dem Messer aus, sie ahnt, was passieren wird, streckt schützend ihren Arm aus, schreit: „Nicht“, und fürchtet das Schlimmste. Die Beine geben nach, sie sackt in sich zusammen und fällt auf die Knie. Blut tropft auf den Boden. Maria begreift schlagartig, dass sie bis jetzt wie in einem Nebel gelebt hat. Sie kennt seine einzigartigen Störungen, seine mangelnde Selbstkontrolle, Paranoia,

Stimmungsumschwünge. Wie konnte sie nur allen Ernstes glauben, dass ihre Liebe ihn von diesem Kurs abbringe? Obwohl sie einander in gewisser Weise ähneln, ist Max vollkommen anders. Sie sind ganz und gar verschieden. Wie die Luft zum Atmen braucht er die Bewunderung des Publikums. Er kann sich in Szene setzen und weiß die Zuhörer in seinen Bann zu ziehen. Und trotzdem kreist er nicht nur um sich selbst. Er interessiert sich für sein Gegenüber. Er ist darin geübt, ihr zu entlocken, was er wissen will. Welche Dinge er schon aus ihr herausgekitzelt hat, macht ihr Angst. Dass er nicht beziehungsfähig ist, weiß sie schon lange und trotzdem hat sie an dem Konstrukt Beziehung festgehalten. Die Wahrheit ist: Er ist ein Mann, der glaubt, sein Handeln bleibe für ihn folgenlos. Maria sieht sich am Boden liegen. Max legt das Messer auf den Tisch, verlagert sein Gewicht vom linken auf den rechten Fuß. Erschrocken wirkt er nicht. In diesem Moment, der sich dehnt und in dem alles verstummt, sieht Maria den blanken Hass in seinen Augen. Die Szene verblasst. Maria erfasst ein Hochgefühl. Bei all dem Schlamassel gibt es Anlass zur Freude. In einem durchsichtigen Fruchtsack schwebt ein kleines Wesen durch die Nacht und schlägt Purzelbäume in seinem privaten Ozean.

Als Max erwachte, stand Maria am Fenster mit dem Rücken zu ihm und sah in den Garten hinaus. Als er sich aufsetzte, drehte sie sich zu ihm um. Unter ihren Augen waren dunkle Schatten. „Verschwinde“, hörte er sich sagen. Max wollte nicht, dass sie ging. Aber etwas in ihm wollte es offenkundig doch, denn er wiederholte in einer Tour: „Verschwinde endlich von hier, ich will dich nie wieder sehen.“ Als sie Kleidung in einen Koffer zu packen begann, wurde er noch wütender. Er konnte es nicht fassen, dass sie ihm glaubte und tatsächlich ging. Als sie aus dem Haus lief, musste er sich mit beiden Händen am Treppengeländer festhalten.

Seither sah er von weitem, dass in seinem Haus kein Licht brannte, wenn er abends nach Hause kam. Max war jedes Mal enttäuscht, wenn er im Flur bemerkte, dass Marias Mantel und ihr gemusterter Schal fehlten. In den ersten Tagen nach ihrer Abreise tastete er sich durch das düstere Halbdunkel seines Zuhauses und atmete ihren vertrauten Geruch. Er wusste genau, dass sie nicht da war. Trotzdem hoffte er, sie auf der Couch oder im Schlafzimmer vorzufinden. Die Wohnung blieb still, nur auf der Straße fuhr ab und zu ein Auto vorbei. Er stand in der dunklen Küche am Fenster und schaute über die Baumwipfel auf die Straße. Bei jedem Scheinwerferpaar hoffte er auf sie. Im Schlafzimmer herrschte die gleiche Unordnung wie am Beginn des Tages, die Bettdecke lag verknäuelt am Fußende und das Kissen am Boden. Nachts träumte er wirres Zeug. Er schlief unruhig und wenn er aus einem Traum aufschreckte, rollte er sich auf die Seite des Bettes, auf der Maria immer geschlafen hatte. Er grub sich ins Bettzeug, fand aber ihren Geruch nicht mehr. Nachts zappte er sich durch die Fernsehprogramme. Als er glaubte, seine frühere Freundin Greta zu erkennen, wurde ihm flau im Magen. Er schaltete weiter. In einer Dokumentation sprach der Dalai Lama. Er sagte, dass wir vieles von dem, was wir in unserem Leben als Mangel empfinden, selbst verursacht hätten. Dabei lächelte der Dalai Lama und empfahl, den Samen der Freude nicht nur in sich selbst zu bewässern, sondern dem Anderen bei seinem Streben nach Glück zu helfen.

Die Welt hatte Maria gerettet. In ihrer Erinnerung sollten die Ereignisse jener Nacht, bevor sie Max verließ, niemals mehr verschwinden. Ganz offensichtlich verbarg sich hinter der Oberfläche des Alltagslebens ein wachsames System, das in der Not zur Hilfe eilte.

An der Gepäckausgabe am Flughafen konnte Maria ihren Bruder in dem Gedränge zuerst nicht finden. Als sie eine Hand auf ihrem Rücken spürte, drehte sie sich um, es war Marco. Sein Gesicht strahlte Offenheit aus, sein Blick wanderte hin und her. „Du siehst anders aus“, sagte er, als er ihr den Koffer abnahm. Und er beeilte sich zu sagen: „Wie das blühende Leben.“

Evelyne Severing wurde 1973 in Innsbruck geboren. Sie studierte Musik am Mozarteum in Salzburg und Psychologie an der Universität Innsbruck. Heute lebt sie in Trier und im Saarland und arbeitet als Psychotherapeutin in ihrer eigenen Praxis.